PÁJARO DE MEDIANOCHE

WITHDRAWN

El papel utilizado para la impresión de este libro ha sido fabricado a partir de madera procedente de bosques y plantaciones gestionadas con los más altos estándares ambientales, garantizando una explotación de los recursos sostenible con el medio ambiente y beneficiosa para las personas. Por este motivo, Greenpeace acredita que este libro cumple los requisitos ambientales y sociales necesarios para ser considerado un libro «amigo de los bosques». El proyecto «Libros amigos de los bosques» promueve la conservación y el uso sostenible de los bosques, en especial de los Bosques Primarios, los últimos bosques vírgenes del planeta.

Título original: *Nightbird*
Primera edición: marzo de 2017

© 2015, Alice Hoffman
Todos los derechos reservados
Esta traducción ha sido publicada por acuerdo con Random House Children's Books,
una división de Penguin Random House LLC
© 2016, Penguin Random House Grupo Editorial, S.A.U.
Travessera de Gràcia, 47-49. 08021 Barcelona
© 2017, Julio Hermoso, por la traducción

Penguin Random House Grupo Editorial apoya la protección del *copyright*.
El *copyright* estimula la creatividad, defiende la diversidad en el ámbito de las ideas y el conocimiento, promueve la libre expresión y favorece una cultura viva. Gracias por comprar una edición autorizada de este libro y por respetar las leyes del *copyright* al no reproducir, escanear ni distribuir ninguna parte de esta obra por ningún medio sin permiso. Al hacerlo está respaldando a los autores y permitiendo que PRHGE continúe publicando libros para todos los lectores. Diríjase a CEDRO (Centro Español de Derechos Reprográficos, http://www.cedro.org) si necesita fotocopiar o escanear algún fragmento de esta obra.

Printed in Spain – Impreso en España

ISBN: 978-84-204-8579-9
Depósito legal: B-2.223-2017

Compuesto por Javier Barbado
Impreso en Limpergraf, Barberà del Vallès (Barcelona)

AL 8 5 7 9 9

Penguin
Random House
Grupo Editorial

ALICE HOFFMAN

PÁJARO DE MEDIANOCHE

traducción de julio hermoso

ALFAGUARA

CAPÍTULO 1
CÓMO EMPEZÓ TODO

No te puedes creer todo lo que oyes, ni siquiera en Sidwell, Massachusetts, un lugar donde se supone que todo el mundo dice la verdad y las manzanas son tan dulces que la gente viene incluso desde sitios tan lejanos como la ciudad de Nueva York durante el festival de la manzana. Corre el rumor de que una criatura misteriosa vive en nuestro pueblo. Algunos insisten en que se trata de un pájaro más grande que un águila; otros di-·cen que es un dragón, o un murciélago enorme que tiene el aspecto de una persona. No cabe la menor duda de que este ser, humano, animal o algo entre medias, no existe en ninguna otra parte de este mundo. Los niños dicen entre cuchicheos que tenemos a un monstruo entre nosotros, en parte hombre, en parte un mito, y que los cuentos de hadas se hacen realidad en el condado de Berkshire. En la tienda y en la gasolinera de Sidwell, los turistas pueden comprarse camisetas decoradas con una bestia alada de ojos rojos con un «Ven a Sidwell» impreso debajo.

Cada vez que veo una de esas camisetas en una tienda, se me cae sin querer dentro del cubo de la basura.

En mi opinión, la gente debería tener cuidado con las historias que cuenta.

De todas formas, siempre que algo desaparece, le echan la culpa al monstruo. Los fines de semana son los peores días de estos extraños robos. En los repartos que van a la cafetería Starline faltan varias barras de pan de su pedido habitual. Desaparecen prendas de ropa de los tendederos. Yo sé que no existe nada semejante a un monstruo, pero en mi familia sí que hemos sufrido al ladrón, la verdad. Había cuatro empanadas enfriándose en la encimera de la cocina y, un minuto después, alguien se había dejado abierta la puerta de atrás y faltaba una de ellas. Un viejo edredón que nos habíamos dejado en el porche desapareció un sábado. No había huellas en nuestro césped, pero sí que sentí un cosquilleo de miedo cuando me quedé en la puerta de atrás aquella mañana, mirando hacia el bosque. Creí haber divisado una figura solitaria que corría por una arboleda, pero podría haber sido solo la niebla, al elevarse del suelo.

Nadie sabe quién se lleva estas cosas, si alguien se dedica a gastar bromas, si alguien —o algo— se encuentra realmente necesitado, o si se trata de esa criatura que todo el mundo asume que vive dentro de los límites de nuestro pueblo. La gente de Sidwell discute tanto como la de cualquier otro sitio, pero todos coinciden en algo: a nuestro monstruo solo se le puede ver por la noche, y solo si en ese momento estás mirando por la ventana, o paseando por algún camino cerca de los huertos, o si justo da la casualidad de que pasas por delante de nuestra casa.

Vivimos en el Camino Viejo de la Montaña, en una granja que tiene más de doscientos años, llena de recovecos y con tres chimeneas de ladrillo, todas ellas lo bastante grandes como para que yo quepa dentro de pie, aunque soy alta para los doce años. Desde nuestra puerta principal hay una vista impresionante de los bosques que cuentan con los árboles más antiguos de Massachusetts. A nuestra espalda hay ocho hectáreas de huertos de manzanas. Cultivamos una variedad especial que se llama Rosa. Uno de mis antepasados plantó el primer manzano Rosa de Sidwell. Algunos cuentan que el mismísimo John Chapman, «Johnny Manzanas», el que trajo los manzanos a los Estados Unidos y los extendió por todo el país, le regaló a nuestra familia un arbolito único cuando pasó por nuestro pueblo camino del oeste. Hacemos salsa de manzana rosa, tarta de manzana rosa y dos tonos de pastel de manzana rosa, uno claro y otro oscuro. En verano, cuando aún no tenemos manzanas, sí tenemos pastel rosa de frambuesa y melocotón, y hacia el final de la primavera tenemos el pastel rosa fucsia de ruibarbo y fresas, que hacemos con las frutas que crecen en el jardín de detrás de nuestra casa. El ruibarbo parece apio rojo; es más amargo, pero está delicioso al combinarlo con las fresas. Me gusta la idea de mezclar algo amargo con algo dulce para formar algo increíble. Tal vez se deba a que procedo de una familia en la que no esperamos que cada uno

7

de nosotros sea como cualquier otra persona. No ser normal es de lo más normal para los Fowler.

Dicen que la masa de hojaldre de mi madre es la mejor de Nueva Inglaterra, y que nuestra sidra rosa es famosa en todo el estado de Massachusetts. Viene gente desde lugares tan lejanos como Cambridge y Lowell tan solo para probarlas. Llevamos la mayoría de nuestros pasteles y magdalenas para que los vendan en la tienda del pueblo que dirige el señor Stern, que es capaz de vender tantos como mi madre alcanza a preparar. Siempre he deseado parecerme un poco más a ella en lugar de ser tan torpe y desgarbada como soy. De niña, mi madre asistía a clases de ballet en la Escuela de Danza de la señorita Ellery, en el pueblo, y todavía conserva el garbo, incluso cuando recoge manzanas o arrastra cestos de fruta por la hierba. Yo, sin embargo, tengo los brazos y las piernas demasiado largos, y me suelo tropezar con mis propios pies. Lo único que se me da bien es correr. Y guardar secretos. Soy genial en eso. He tenido mucha práctica.

Mi madre tiene el pelo del color de la miel, y se lo recoge con un pasador de plata siempre que hace tartas y pasteles en el horno. Yo tengo el pelo oscuro; a veces ni siquiera sé de qué color es, una especie de castaño negruzco, del color de la corteza de un árbol, o de una noche sin estrellas. Se me enreda tanto cuando voy por el bosque que este año me lo he cortado de pura frustración, le pegué unos tajos, sin más, con unas tijeras para las uñas, y ahora lo tengo peor que nunca, aunque mi madre me dice que parezco un duendecillo. Parecer un duendecillo no era lo que yo buscaba. Lo que quería era parecerme a mi madre, de quien todo el mundo dice que era la niña más guapa del pueblo cuando tenía mi edad, y que ahora es la mujer más bella de todo el condado. Pero también está terriblemente triste. Cuando sonríe es una especie de milagro, así de extraño es. Los del pueblo siempre son amables con mi madre, pero cuchichean y se refieren a ella como «la pobre Sophie Fowler». No somos pobres, aunque mi madre no ha dejado de trabajar como una mula desde que fallecieron sus padres y regresó para hacerse cargo del huerto. De todas formas, sé por qué la gente siente lástima de ella. Yo también la siento. A pesar de haber crecido aquí, en el pueblo, mi madre siempre está sola. Al atardecer sale, se sienta en el porche y lee hasta que el sol se hunde en el cielo y la luz comienza a desvanecerse. Me recuerda a los búhos del bosque, que echan a volar en cuanto ven a alguien. Cuando bajamos por la Avenida Principal, camina deprisa, con un paso que más bien parece que va a la carrera, saludando con la mano si alguna de sus viejas amigas del instituto le dice «hola», pero jamás se detiene a charlar. Evita la cafetería Starline. Demasiada vida social. Demasiada gente a la que podría conocer del pasado. La última vez que fuimos juntas era mi cumpleaños, y le supliqué algo especial. Quizá porque siempre he tenido montones de tartas, pasteles y magdalenas, el postre por el que me pirro es el helado. Puede que sea lo que más me gusta comer de todo el mundo, lo que me imagino que comería un duendecillo de verdad, si es que comen algo. Me encanta la sensación de escalofrío que te produce el helado, como si estuvieras envuelta en una nube fría.

Mi madre y yo nos sentamos en un reservado que había en un rincón y pedimos dos helados con soda para celebrar que yo cumplía los doce años. El doce es un número misterioso, y siempre había pensado que me sucedería algo excepcional después de aquel cumpleaños, así que me sentía muy animada al respecto del futuro, algo que no va mucho conmigo. Lo pedí de chocolate, y mi madre lo pidió de fresa. La camarera era una mujer amable llamada Sally Ann que conocía a mi madre de cuando eran pequeñas. Se acercó a nuestra mesa y, cuando le solté que era mi cumpleaños, me dijo que a los doce mi madre y ella eran amigas íntimas. Miró a mi madre con cara de pena.

—Y, ahora, los años han pasado volando y ya no sé nada de ti, Sophie. —Se diría que a Sally Ann le dolía realmente que aquella amistad se hubiese terminado—. ¿Por qué te escondes ahí arriba, en el Camino Viejo de la Montaña, cuando todas tus amigas te echan de menos?

—Ya me conoces —dijo mi madre—. Tengo la costumbre de ser reservada.

—Eso no es cierto ni muchísimo menos —insistió Sally Ann. Se giró hacia mí—. No le hagas caso. Tu madre era la chica más popular de Sidwell, pero entonces se marchó a Nueva York, y cuando volvió no era la misma. Ahora no habla con nadie. ¡Ni siquiera conmigo!

En cuanto llamaron a Sally Ann de vuelta a la barra, mi madre susurró:

—Vámonos.

Nos escabullimos por la puerta antes de que apareciesen nuestros helados con soda. No sé si a mi madre se le habían saltado las lágrimas, pero tenía pinta de estar triste a más no poder. Y más triste aún cuando Sally Ann salió corriendo detrás de nosotras y nos entregó nuestros helados para llevar, en unos vasitos de papel.

—No era mi intención hacer que te fueras —se disculpó Sally Ann—. Solo te estaba diciendo que te echaba de menos. ¿Te acuerdas de cuando estábamos juntas en clase de ballet y siempre llegábamos pronto para poder tener todo el sitio para nosotras y bailar haciendo el tonto?

Mi madre sonrió con aquel recuerdo. En aquella expresión que se le pasó por el rostro pude ver quién era ella antes.

—Siempre me cayó bien Sally Ann —dijo mientras nos alejábamos en coche—, pero ahora no podría ser sincera con ella, en ningún caso, ¿y cómo vas a tener una amiga si no le puedes contar la verdad?

Entendía por qué mi madre no podía tener amigas, y por qué mi destino era el mismo. Yo tampoco podría contar la verdad, aunque a veces me daban tantas ganas de soltarla a gritos que me ardía la boca. Podía sentir cómo me picaban las palabras que me moría por decir, como si me hubiese tragado unas abejas que estuviesen desesperadas por liberarse. *Esto es lo que soy.* Eso gritaría. *Tal vez no lleve una vida como la tuya, ¡pero soy Twig Fowler, y tengo algo que decir!*

La mayoría de las tardes y los fines de semana no nos aventurábamos a salir de casa. Esa era nuestra vida, nuestro destino, y de nada serviría quejarse. Supongo que lo podríamos llamar «el destino de los Fowler», pero yo sabía que Sally Ann tenía razón. No siempre había sido así. Había visto las fotografías y los álbumes de recortes en un armario, arriba, en el desván. Antes, mi madre era distinta. En el instituto estaba en el equipo de atletismo y en el club de teatro. Parecía que siempre estaba rodeada de amigos, patinando sobre hielo o tomándose un chocolate caliente en la cafetería Starline. Organizó un Maratón de Repostería para recaudar dinero para el Hospital Infantil de Sidwell, y preparó un centenar de empanadas en una semana, que se vendieron al mejor postor.

Al acabar el instituto, decidió que quería ver mundo. Era muy lanzada por aquel entonces, e independiente. Le dio un beso de despedida a sus padres y se marchó del pueblo en un autobús de línea. Era joven y testaruda, y soñaba con convertirse en chef; no en cocinera en la cafetería Starline, que ya lo había hecho los fines de semana durante toda su época de instituto, sino en una auténtica chef en un restaurante de talla mundial. Su especialidad siempre fueron los hojaldres. Se marchó a Londres y después a París, donde vivía en un apartamento minúsculo y asistía a clases con los mejores cocineros. Iba caminando por riberas neblinosas hasta los mercados agrícolas, donde compraba unas peras tan dulces como el caramelo. Finalmente, acabó en la ciudad de Nueva York. Fue allí donde conoció a mi padre. Lo más que está dispuesta a contarme es que a un conocido de ambos se le ocurrió que serían perfectos el uno para el otro, y resultó que lo eran. Mi padre la estaba esperando cuando aterrizó su avión, fue hasta allí para ayudarla a moverse por Manhattan. Antes de que el taxi llegase a su nuevo apartamento, ya se habían enamorado.

Sin embargo, rompieron antes de que mi madre regresara a casa para el funeral de sus padres: mis abuelos tuvieron un accidente de coche durante la temporada de aludes de barro. Sucedió en el bosque de Montgomery, donde los árboles son tan altos y tan antiguos que parece oscuro incluso a mediodía, y hay varias curvas de herradura que te da un vuelco el estómago cuando conduces por ellas. Perder a mis abuelos fue una pena terrible, aunque yo no fuese más que una cría. Los recuerdo en pequeños fragmentos aquí y allá: un abrazo, una canción, una risa, alguien que me lee un cuento sobre una niña que se pierde y encuentra el camino a casa a través del bosque dejando un rastro de migas, o siguiendo las plumas de color negro azulado de los cuervos.

Cuando regresamos a Sidwell, yo iba en el asiento de atrás del viejo coche familiar, que a duras penas llegó hasta Massachusetts. Era muy pequeña, pero recuerdo que miré por la ventana y vi Sidwell por primera vez. Mi madre nos cambió el apellido y nos volvió a poner Fowler en lugar del apellido de mi padre, fuera el que fuese, y se hizo cargo del huerto. Todos los años contrata a gente que está de paso en el pueblo y que necesita un trabajo. Son ellos quienes recogen la manzana y elaboran la sidra, pero es mi madre quien hace toda la repostería. Si alguna vez la invitan a alguna celebración o evento en el pueblo, escribe una nota declinando la invitación con toda cortesía. Algunos dicen que somos unas esnobs porque antes vivíamos en Nueva York y ahora esperamos que la vida pase veloz y llena de emociones igual que en Manhattan, y otros creen que nos consideramos demasiado buenas para un pueblecito donde casi nunca cambia nada. Además, hay otros que se preguntan qué fue de aquel marido que mi madre encontró y perdió en Nueva York. La gente de Sidwell dirá lo que quiera, pero no conocen toda la historia, y si somos listas, jamás la conocerán. Cuando volvimos al pueblo desde Nueva York, yo no era la única que iba en el asiento de atrás del coche. Por eso regresamos cuando todo estaba oscuro.

Aunque soy tímida, conozco a la mayoría de la gente de Sidwell, o al menos sé cómo se llaman, salvo los nuevos vecinos que se acaban de mudar a la casa que linda con nuestras tierras. He oído hablar de ellos, cómo no, en la tienda del pueblo. Había ido hasta allí en bicicleta a entregar dos cajas de magdalenas de fresa, tan dulces que llevaba detrás de mí lo que me parecía un enjambre entero de abejas. Hay un grupo de hombres que se toma el café en la tienda del pueblo antes de ir a trabajar. Para mí, aunque no se lo digo a nadie, son «los Cotillas». Son carpinteros y fontaneros, y hasta el cartero y el sheriff se les unen en ocasiones. Les da por opinar al respecto de cualquier cosa, hacen comentarios sobre todo el mundo y cuentan unos chistes sobre el monstruo que a ellos les parecen graciosos: «¿Qué se hace con un monstruo verde? Pues esperas a que madure». «¿Cuál es la fruta favorita de un monstruo? El coco».

Cuando la charla se pone seria, algunos de ellos juran que algún día se va a organizar una cacería del monstruo y que se van a acabar las desapariciones de objetos en el pueblo. Ese tipo de conversaciones siempre me ponen los pelos de punta. Por suerte, últimamente la mayoría de las charlas han tratado sobre si van a convertir el bosque en una urbanización: más de cuarenta hectáreas propiedad de Hugh Montgomery. A él se le ve todavía menos que a nosotras. Los Montgomery viven en Boston y solo vienen a Sidwell en vacaciones y los fines de semana. Antes pasaban aquí los veranos, pero la gente dice que ahora es más probable que vayan a Nantucket o a Francia. En los últimos tiempos han subido unos camiones al bosque, por la mañana temprano, cuando hay niebla en las hondonadas. Los del pueblo no tardaron en imaginarse que estarían examinando los suelos y el agua. Fue entonces cuando empezaron a sospechar acerca de las intenciones de Montgomery.

Yo tenía otras cosas en las que pensar, así que no presté demasiada atención. El bosque siempre había estado ahí, y me imaginaba que ahí seguiría siempre. Andaba más concentrada en el hecho de que se estuviesen mudando unos nuevos vecinos a la finca contigua a nuestro huerto. Eso era un notición para nosotras. Nunca habíamos tenido vecinos. La Cabaña de la Paloma Lúgubre, abandonada durante años, siempre ha tenido palomas que anidan cerca. Puedes oír su zureo si te aproximas caminando y te metes en el jardín lleno de maleza, de zarzas y cardos. La cabaña tenía las ventanas rotas y el techo medio hundido y cubierto de musgo. Era un lugar sombrío y desolado, una zona que la mayoría de la gente del pueblo evitaba. No son solo los Cotillas los que dicen que mucho tiempo atrás allí vivía una bruja. Todo el mundo coincide en que la Bruja de Sidwell fue una de las vecinas, hasta que le rompieron el corazón, y cuando desapareció del pueblo nos dejó una maldición.

A lo mejor los niños se acercan hasta el límite del jardín y se quedan escuchando a las palomas, puede que se desafíen a ver si alguno se atreve a llegar hasta el porche, pero salen corriendo en cuanto uno de esos búhos negros tan raros que hay en Sidwell pasa volando en la distancia, y no entran nunca. Yo llegué hasta el porche una vez. Abrí la puerta de delante, aunque no fui más allá del umbral, y después de eso tuve pesadillas durante semanas.

Cada año, en el mes de agosto, el grupo más joven del campamento de verano representa en el ayuntamiento una obra de teatro sobre la Bruja de Sidwell. Cuando yo era pequeña, la profesora de teatro —Helen Meyers— quería que fuera la bruja.

—Me da la sensación de que serás la mejor Agnes Early que hemos tenido nunca —me dijo—. Tienes un talento natural, y eso no se ve todos los días.

Era un honor que me diesen el papel protagonista, y estaba orgullosa de que me hubiesen elegido. Desde que era muy pequeña deseaba ser actriz y, tal vez, escribir obras cuando fuese más mayor, pero mi madre vino al ensayo antes de que dijese mi última frase: «¡No os entrometáis en mis asuntos si sabéis lo que os conviene a vosotros y a los vuestros!».

Molesta, se llevó aparte a la señora Meyers.

—¿Mi hija es la bruja?

—Lo lleva en la sangre —anunció contentísima la señora Meyers.

—¿Ser una bruja? —Mi madre parecía confundida y ofendida.

—En absoluto, querida. La interpretación. No son muchos los niños que tienen verdadero talento, pero, cuando lo tienen, suelen ser los tímidos. Florecen en el escenario.

—Me temo que mi hija no podrá continuar con esto —le dijo mi madre a la señora Meyers.

Me quedé tan impresionada que no pude decir ni pío. Solo pude quedarme mirando, muda, mientras mi madre informaba a la profesora de teatro de que yo no estaría en la obra, ni siquiera como miembro del coro. Tenía un amigo en aquel entonces, el primero y el único, un niño con el que compartía el almuerzo todos los días. Los dos éramos tímidos, supongo, y corríamos muy rápido. Lo que recuerdo es que vino y se quedó a mi lado el día en que me marché del campamento y me cogió la mano, porque ya me había echado a llorar. Apenas tenía cinco años, pero me sentía tan disgustada que, cuando llegamos a casa, estuve sollozando hasta que se me enrojecieron los ojos. Mi madre se sentó a mi lado e hizo lo que pudo para consolarme, pero me aparté de ella. No comprendía cómo podía ser tan mala conmigo. En ese momento pensaba en mí misma como en una rosa cortada antes de haber tenido la oportunidad de florecer.

Esa noche, mi madre me trajo la cena a mi cuarto, sopa casera de tomate con picatostes. Había un pastel rosa de frambuesa y melocotón, pero el postre no lo toqué. Me di cuenta de que mi madre también había estado llorando. Me contó que había una desafortunada razón por la cual no podía formar parte de la obra. Nosotras no éramos como el resto de la gente del pueblo. Nosotras sabíamos de sobra que no había que reírse de una bruja. Acto seguido, mi madre me susurró lo que te podía hacer una bruja si hacías que se enfadase. Podía hechizarte, que es lo que ella le hizo a nuestra familia hace más de doscientos años. Y todavía estábamos pagando el precio de aquella maldición. Podría escribir mis propias obras de teatro e interpretarlas arriba, en el desván, inventarme historias, ponerme toda la ropa antigua que había encontrado en un baúl metálico, pero no podría ridiculizar a la Bruja de Sidwell.

Mi madre tenía una mirada que ya había aprendido a reconocer. Cuando tomaba una decisión, no había vuelta atrás. Ya podía rogar y suplicar, que, una vez que se decidía, se acabó lo que se daba.

Hicimos en el horno las magdalenas de manzana rosa que se iban a servir en la fiesta después de la obra, pero no asistimos a la función. En lugar de eso, nos sentamos en un banco del parque del centro de Sidwell mientras caía la oscuridad en el cielo. Oímos la campana del ayuntamiento cuando dio las seis. Oímos el eco del público al aplaudir a la nueva bruja cuando empezó la representación.

Creo que aquella tarde fue el comienzo de mi soledad, una sensación que he llevado bien recogida, un secreto que jamás podría contar. A partir de entonces, dejé de llorar cuando algo me contrariaba. Me guardaba el dolor sin más, lo iba acumulando como si fuera una torre de estrellas caídas del cielo, invisibles para la mayoría, pero que ardían dentro de mí con un brillo muy intenso.

Hacia el final de la primavera, los nuevos vecinos se mudaron a la Cabaña de la Paloma Lúgubre, el momento del año en que el huerto estaba en flor con un halo rosáceo. Los carpinteros se habían pasado meses dando martillazos y aserrando, atareados con la cabaña, fijando las tejas finas de madera al tejado, retirando los cristales rotos y restaurando el ruinoso porche. Los nuevos dueños de la Paloma Lúgubre contrataron a algunos de los Cotillas, a los que les encantaba contarle a los demás en la tienda del pueblo cuánto le estaban cobrando a los recién llegados por las reformas. Eran gente de la ciudad, forasteros, así que pagaron un precio muy caro por su tejado reconstruido y un porche que no se hundiese. Me pareció que aquello no era propio de unos buenos vecinos, y habría jurado que el señor Stern tenía la misma sensación.

—Cuando eres honesto con alguien, esa persona será honesta contigo —le dijo a los hombres que formaban un grupo cerca del mostrador de la caja, pero creo que yo era la única que le prestaba atención.

En esta época siempre recojo ramas en flor, las suficientes para llenar todos y cada uno de los floreros que tenemos; así el aroma de las flores de manzano se filtra por la casa, desde la cocina hasta el desván. Me paso horas acurrucada en lo alto de mi árbol favorito, uno viejo y retorcido del que se piensa que es el primer manzano que plantaron en Sidwell. Es nudoso y tiene la corteza negra y aterciopelada, aunque yo creo que las ramas son como brazos. Leo libros y hago los deberes aquí arriba; me duermo la siesta bajo un dosel de hojas. En mis sueños, los hombres y las mujeres pueden volar, y los pájaros viven en casas y duermen en camas. A veces, las palomas anidan más arriba, puedo oír el zureo de sus polluelos mientras dormito plácidamente.

Estaba subida a mi árbol preferido el día en que oí el estruendo de la camioneta de mudanzas por el camino de tierra más allá de nuestro huerto; la seguía un coche con nuestros vecinos, que se dirigían a su nuevo hogar. El polvo ascendía en pequeños torbellinos conforme se acercaba la camioneta, y por la ventanilla bajada del coche se oía a unas niñas cantando.

Me incorporé, sentada, y me quedé quieta, con los ojos entrecerrados. Debía de ser algo parecido ser un pájaro que mira hacia abajo y ve las cosas tan raras que hace la gente. Los recién llegados tenían las habitaciones llenas de muebles de roble y unas alfombras sedosas que irradiaban color. Allí estaban los padres, de aspecto amable, entrando y saliendo ajetreados de la casa, y un perro lanudo, un collie al que llamaban Beau. La mayor de las dos hermanas se llamaba Agate. Aparentaba unos dieciséis años, con el pelo rubio que le llegaba por los hombros y una risa que podía oír porque cruzaba todo el huerto. La otra, Julia, era de mi edad. Corría de un lado a otro recogiendo cajas con su nombre garabateado allí donde las habían dejado los de la mudanza, por el césped. «¡Mía!», gritaba al subir a rastras hasta el porche cada caja que acababa de encontrar. En un momento dado, se quitó los zapatos de un puntapié e hizo un bailecito en la hierba. Tenía pinta de ser alguien que sabía pasárselo bien, algo que yo aún debía aprender. No pude evitar pensar que, si yo fuese otra persona, querría ser su amiga; pero quizá una amiga querría venir a nuestra casa, y cuando le dijese que eso no era posible, tal vez quisiera saber por qué, y entonces tendría que mentirle, y sentiría esos aguijonazos en la boca que me daban siempre cuando no contaba toda la verdad.

No podía hablarle a nadie sobre mi hermano, así que aquello no tenía ningún sentido, en realidad.

Nadie sabía siquiera que yo tenía un hermano, ni mis profesores ni mis compañeros de clase, ni siquiera el alcalde, quien juraba conocer a todos y cada uno de los habitantes de Sidwell, y que a todos les había estrechado la mano. No hace mucho tiempo que vi al alcalde en la tienda del pueblo, donde estaba debatiendo sobre la meteorología y sobre el futuro del bosque de Montgomery. No se había declarado abiertamente a favor ni en contra del plan para urbanizar el bosque y construir ahí casas, tiendas y puede que hasta un centro comercial, aunque lo más probable es que en Sidwell no hubiera bastante gente para ir a comprar ahí. Se diría que la falta de personalidad mantenía al alcalde en el cargo. Una vez lo vi en el pueblo, me estrechó la mano y me lanzó una mirada penetrante, y después insistió en que le dijese mi nombre y mi edad, aunque ya me había topado con él en una docena de ocasiones. «Twig. Doce años, ¡y alta, por cierto! Me acordaré de tu cara, de tu nombre y de tu edad, ¡porque eso es lo que hace un alcalde!». Aun así, todas las veces que lo vi después de aquello entornó los ojos como si estuviese tratando de acordarse de quién podría ser yo. Tampoco le culpé. Yo me consideraba una sombra, una huella en el bosque que desaparece, una ramita en la que nadie se fijaba. Era mejor así. Mi madre siempre decía que la única forma que teníamos de seguir en Sidwell era pasar de puntillas en la vida cotidiana.

Y yo pasaba tan de puntillas que estaba a punto de volverme invisible.

Es probable que jamás hubiese conocido a las hermanas Hall y que hubiéramos seguido siendo unas desconocidas para siempre si no me hubiese caído del árbol y me hubiera roto el brazo. Me apoyé en una rama que ya estaba rajada. En condiciones normales, habría tenido más cuidado, pero estaba concentrada en mis nuevos vecinos, y la rama temblorosa terminó de romperse conmigo encima. La caída fue rápida y dura, y se me escapó un grito antes de poder impedirlo. El collie vino corriendo, con las hermanas Hall detrás. Allí estaba yo, despatarrada en el suelo y tan avergonzada que apenas pude tartamudear un «hola».

Mi nombre completo es Teresa Jane Fowler, pero todo el mundo me llama Twig, que significa «ramita», por la cantidad de tiempo que me paso subiéndome a los manzanos, aunque aquello tenía pinta de que para mí se había acabado lo de trepar, al menos durante una temporada.

—¡No te muevas! Nuestro padre es médico —anunció Agate, la hermana mayor, que regresó corriendo a la cabaña y me dejó allí con el collie y con la niña de mi edad.

Julia se presentó, y cuando le dije que yo era Twig y que vivía al lado, asintió pensativa y me dijo:

—Pensé que ojalá hubiese alguien viviendo al lado de nuestra casa y que fuera de mi edad, ¡y ha sucedido!

Tenía el pelo oscuro, como yo, pero no era tan alta. Me sentí aún peor por haberme cortado tanto el pelo. Ella lo tenía liso y largo, casi hasta la cintura. Parecíamos versiones opuestas la una de la otra.

—¿Te duele el brazo? —me preguntó.

—Estoy bien. —No era yo de las que dejaban entrever sus sentimientos—. Perfecta, la verdad.

A Julia se le arrugó la cara de preocupación.

—Yo una vez me rompí un dedo, y grité tanto que me quedé sin voz.

—Estoy bien, en serio. Creo que me voy a marchar ya a casa.

Estaba intentando hacer como si nada, pero el brazo me latía con fuerza. Se me escapó un grito ahogado al tratar de moverme. El dolor me recorrió de arriba abajo.

—¿Seguro que estás bien?

—No tan bien —reconocí.

—Grita. Te sentirás mejor. Yo grito contigo.

Nos soltamos y gritamos, y todas las palomas se elevaron en el cielo. Qué aspecto tan bonito tenían allí arriba, sobre nosotras, como unas nubes. Julia tenía razón. Sí que me sentí mejor.

El doctor Hall salió corriendo y me examinó allí mismo, en la hierba. Era alto y llevaba gafas. Saltaba a la vista que tenía mucha práctica haciendo que la gente se sintiese mejor incluso cuando le dolía algo.

Me cayó bien de inmediato; parecía saber perfectamente lo que hacía, y en absoluto preocupado en exceso, tal y como se ponía mi madre siempre que alguna cosa iba mal. A ella le daba pánico la idea de pedir ayuda, pero el doctor Hall hacía que ayudar a otra persona pareciese lo más natural del mundo.

—Nos vamos a encargar de esto antes de que te dé tiempo a pestañear —me aseguró. Tenía unos ojos azul brillante, y el pelo un poquito gris—. ¿Puedes mover los dedos como si fueran una araña encima de una mesa? —me preguntó. Al ver que podía, me dijo—: ¡Perfecto!

—Sí que dijiste que estabas perfecta —me sonrió Julia.

—Bueno, en todo no. Solo para subirme a los árboles, o al menos lo estaba.

—¿Y para levantar el brazo, qué me dices? —me preguntó el doctor Hall—. ¿Estás perfectamente para eso?

Intenté levantarlo e hice un gesto de dolor. Era como si una descarga eléctrica me recorriese el cuerpo.

El doctor Hall me dijo que posiblemente tuviese una pequeña fractura. Habría que hacerme radiografías del brazo, y lo más probable es que me lo tuviesen que escayolar después. Los del hospital necesitarían el permiso de mi madre. Le di nuestro número de teléfono, pero nadie lo cogió cuando intentó llamar. Lo más seguro es que mi madre estuviese en la cocina de verano, un edificio independiente, junto a la casa, donde teníamos dos hornos enormes. La prensa de sidra estaba allí afuera, y solíamos almacenar cestos de manzanas que nos duraban todo el invierno. Mi madre no llevaba el teléfono encima para dedicarle toda su atención a la repostería. El doctor Hall le dejó un mensaje para que llamase al hospital en cuanto pudiera, y nos buscase en la sala de urgencias.

«No se preocupe —la tranquilizó en su mensaje—. No es nada que no tenga arreglo».

—Vámonos —dijo a todo el mundo—. No hay tiempo que perder con un hueso roto. Corriendo al hospital.

La familia entera se metió en el coche, incluida la agradable señora Hall, que me dijo:

—Llámame Caroline. Nada de formalidades conmigo.

Tenía el pelo oscuro, corto igual que yo, pero ella no parecía un duendecillo, a ella le quedaba a la última, como si alguien de una película se diera un paseo por Sidwell.

Me llevaron al hospital con el perro, Beau, metido en el coche. Yo miraba por la ventana, con miedo de hablar demasiado. Ellos no paraban de charlar, como una verdadera familia, y puede que me pusiera un poco celosa. Siempre había deseado que en mi familia pudiéramos hacer juntos las cosas más simples. Salir a dar un paseo en coche todos juntos me parecía algo extraordinario.

Al pasar por delante de la tienda del pueblo, me fijé en algo que no se ve todos los días en Sidwell: una pintada con espray sobre la pared de ladrillo. Tuve que pestañear para asegurarme de que lo estaba viendo bien. Había una boca pintada con unos colmillos, feroces e irregulares. Debajo, con una letra enorme y discordante, decía: *NO NOS QUITÉIS NUESTRO HOGAR*. Era una imagen tan furiosa y tan triste que sentí un escalofrío por todo el cuerpo. Algunos miembros del grupo de los Cotillas estaban fuera examinando la pintada, y no parecían muy complacidos. Pensé que el señor Stern prácticamente se habría desmayado al ver su negocio pintarrajeado, y me pregunté quién en todo Sidwell habría tenido el valor de pintar aquel mensaje. Me alivió que las hermanas Hall no se fijaran al pasar por delante.

En el hospital, todo el mundo parecía conocer al doctor Hall. Nos pasaron a toda prisa a la sala de urgencias, porque mi madre ya había telefoneado y había dado su permiso para que me atendiesen. Venía de camino. Y yo estaba segura de que se había preocupado lo indecible. Julia se sentó conmigo mientras me examinaba la traumatóloga. Me hicieron radiografías, y luego la doctora me escayoló el brazo. Cuando terminó, esperamos a que el yeso se secara palpándolo para ver cómo iba.

Julia fue la primera en firmarme la escayola con un rotulador de color morado que llevaba en la mochila. «Para mi amiga la trepadora de árboles, de Julia Hall». A continuación también vino Agate a firmarla. Olía a colonia de jazmín. Julia me susurró que era el perfume que siempre se ponía su hermana. Agate se apartó el cabello largo y pálido y escribió «Agate Early Hall, tu vecina», en una preciosa letra minúscula.

Las tres nos estábamos tomando un chocolate caliente que habíamos sacado de la máquina cuando mi madre llegó a recogerme. Había salido de casa nada más recibir el mensaje, y llegó con una gabardina puesta por encima de su viejo atuendo de repostería, salpicado de harina y canela. Se había calzado las botas altas de goma que solía utilizar en los días de lluvia. Dado que aún no era temporada de manzanas, se encontraba en plena preparación de unos pasteles de fresa y ruibarbo. Tenía las manos de color rosa, y unas franjas del polvillo blanco de la harina le cruzaban la cara. A pesar de su expresión preocupada, seguía siendo la madre más guapa del pueblo.

Ningún agradecimiento al doctor y a la señora Hall le parecía suficiente, e insistía en que les llevaría un pastel para expresarles su gratitud. Me abrazó con fuerza, y yo le correspondí con mi brazo bueno y la tranquilicé diciéndole que estaba bien. O, al menos, que pronto lo estaría.

—Está perfecta —dijo Julia, y yo la sonreí, porque lo de estar perfecta se había convertido ya en una broma entre nosotras dos.

Mi madre quería verlo por sí misma. Se acercó un poco más para poder examinarme la escayola. Pensé que me iba a decir lo disgustada que estaba por haber metido a los vecinos en nuestra vida, pero en vez de eso frunció el ceño al ver los nombres escritos. Julia dijo «hola», se presentó y comenzó a hablar sobre lo mucho que le gustaba Sidwell, pero era como si mi madre no escuchase una sola palabra. No quitaba los ojos de encima a la hermosa Agate.

—Agnes Early —dijo en un tono frío de voz.

Jamás la había oído hablar así. Mi madre tenía unas manchas rojizas en las mejillas, los ojos entornados con cara de sospecha.

—Es Agate —dijo la mayor de las hermanas Hall, que omitió la parte de su segundo nombre, Early, muy posiblemente a causa de la tenebrosa expresión del rostro de mi madre.

Mi madre recogió mis cosas y me dio un empujoncito hacia la puerta.

—Tenemos que marcharnos —dijo en un tono muy serio—. Ahora mismo.

—¡Gracias! —les dije a voces a Agate y a Julia, que parecían confundidas ante nuestra apresurada partida.

Pasamos justo por delante del doctor Hall y su esposa en el pasillo como si ni siquiera los conociésemos, cuando prácticamente me habían salvado.

—¡Esperamos verlas pronto! —exclamó la señora Hall—. ¡Tal vez para cenar!

Mi madre se despidió con la mano, pero no respondió, ni para decir: «Fantástico, nos encantaría», ni para decir la verdad: «No, nunca aceptamos invitaciones». Entramos en el ascensor y nos quedamos en silencio mientras las puertas se cerraban a nuestra espalda.

En el aparcamiento, Beau me ladró desde la parte de atrás del coche de los Hall y meneó el rabo, pero nosotras ya nos habíamos metido en el coche de mi madre, y nos marchamos muy rápido, de vuelta a la carretera.

Esa noche me dijeron que jamás volviese a la Cabaña de la Paloma Lúgubre. Me había roto el brazo, dijo mi madre de manera muy elocuente. ¿Quién sabía qué más podría suceder?

—Esa casa le trae mala suerte a nuestra familia —me comunicó—, y es probable que esa gente también.

—Pero si son encantadores. Y Julia ya me ha invitado. Si no voy, pensará que soy una esnob.

—Ojalá las cosas fueran distintas, Twig, pero nuestras familias nunca pueden tener ninguna relación la una con la otra.

—Mi madre me observó el brazo—. Espero que no vuelvas a ver a esas niñas. Están emparentadas con Agnes Early.

Esa era la Bruja de Sidwell, la que había vivido en la Paloma Lúgubre, el pariente en honor al cual Agate había recibido su segundo nombre.

La misma que había echado una maldición sobre mi familia doscientos años atrás.

CAPÍTULO 2

LA DISTANCIA QUE NOS SEPARA

El cuarto de mi hermano James estaba en el desván. Ya casi había cumplido los diecisiete, era cuatro años mayor que yo. Debería estar en su penúltimo curso de instituto, pero mi madre le había dado clases en casa durante toda su vida. Era más listo que nadie a quien yo conociese. Había aprendido francés, español y latín él solo, y ya estaba a un nivel universitario en la mayoría de sus asignaturas. Se había leído todos los libros de la biblioteca de mi abuelo. Sabía que me encantaban las obras de teatro y, a veces, para entretenerme a mí, recitaba fragmentos de *Hamlet* a toda velocidad, más y más rápido, hasta que los dos acabábamos en el suelo de la risa. Cuando mi madre no pudo ya enseñarle más matemáticas o ciencias porque él había sobrepasado con mucho los conocimientos de ella en aquellos campos, le compró su propio ordenador para que pudiese realizar cursos universitarios *online*.

James era brillante, divertido, y no tenía la menor idea de lo guapo que era. No creo que se mirase jamás en un espejo. Nunca me creía cuando le decía que si fuese al instituto de Sidwell, tendría a las chicas siguiéndole por los pasillos. «Seguro, Twig», me decía, y si intentaba discutir con él, se limitaba a negarlo con la cabeza y decirme: «De ninguna manera». Así que dejé de intentar convencerle de que, en nuestra familia, él se había llevado toda la belleza. Tenía el pelo largo y oscuro, y unos ojos castaños que cambiaban de color en función de su estado de ánimo: verdes cuando estaba feliz, grises y melancólicos la mayor parte del tiempo, negros cuando las cosas se ponían verdaderamente mal. Era alto y leal, y tenía una sonrisa que se apoderaba de ti sin darte cuenta y te obligaba a perdonarle casi cualquier cosa.

James debería haber estado en el equipo de fútbol americano, así de fuerte era, o haber sido la estrella de la obra del instituto, así de guapo era, o haberse convertido en campeón de tenis, así de rápido y de coordinado era. Y resultaba tan injusto que no pudiese hacer ninguna de aquellas cosas que una vez me puse hecha una furia solo de pensarlo. Despotriqué y renegué y dije que deberíamos huir, al bosque, como hacían en los cuentos de hadas, donde se abrían paso entre los árboles en busca de un tesoro. James me escuchó y, a continuación, me dijo que el mundo no era un lugar justo, y que no podíamos huir de nuestra propia vida. Si todo el mundo recibiese lo que se merecía, entonces no habría hambre, ni tristeza, ni nadie como él, desde luego, un chico encerrado por su propio bien.

Los hombres de la familia Fowler han cargado con la misma maldición desde que Agnes Early hechizó a aquel con el que había de casarse. Ese hombre era Lowell, el bisabuelo de mi bisabuelo.

Desconozco qué hizo él que tanto le dolió a ella, pero sí conocía los efectos sobre nuestra familia. Este es el secreto que guardábamos, lo que nos aislaba del resto de la gente. Agnes Early desencadenó su hechizo y, desde ese instante, los hombres de nuestra familia han tenido alas.

Cabría imaginar que poder volar sería un don, y en ciertos aspectos lo era.

James había volado entre los copos de nieve, me contó; había cubierto distancias que ningún hombre sería capaz de caminar en un solo día. Se había sentado en las nubes y se había envuelto en las nieblas. Muy pronto aprendió el lenguaje de los pájaros, y cuando él los llamaba, ellos le respondían.

«Dicen que va a llover esta noche», me informó James una vez que los arrendajos azules volaban bajo. «Saben cuándo marcharse de Nueva Inglaterra —me decía de la llamada de los gansos cuando estos pasaban sobre nosotros—. Se dirigen a Florida. Seguirán la línea de la costa y se detendrán en Carolina del Norte —a mi hermano se le iluminaban los ojos—. ¿Te imaginas recorrer toda esa distancia volando? Eso es libertad».

Era un milagro aquello de vivir como los pájaros, salvo por una cosa: a cualquiera que lo viesen volando lo capturarían, sin duda, o puede que hasta le disparasen como a un cuervo que sobrevuela un campo de maíz. Siempre es peligroso ser diferente, parecer un monstruo a los ojos de los otros, aun en la distancia. Por eso nuestra madre no quería que nadie descubriese a James, y por eso le prohibió volar.

Nadie en nuestro pueblo sabía de la existencia de mi hermano. En lo que a ellos se refería, Sophie Fowler había regresado de la ciudad de Nueva York con una sola hija, y esa hija era yo. Mi madre siempre decía que nuestro secretismo era para proteger a James, pero a veces yo me preguntaba si proteger a alguien podría también arruinarle la vida.

Dado que no podía salir nunca, mi hermano había construido un gimnasio para sí, para poder mantenerse en forma. Yo fui a comprar la mayoría de los materiales a la tienda del pueblo, de poquito en poquito, con el dinero ahorrado de nuestras asignaciones. Tampoco era que tuviésemos demasiado para gastar en ello, de todas formas.

—Eh, Twig —me llamó uno de los Cotillas la última vez que fui a por unas herramientas y cuerda—. ¿Qué estás construyendo? ¿Una trampa para tigres?

Aquellos hombres pensaron que eso era muy divertido. Pagué la cuerda, un martillo y unos clavos y no dije nada, pero estaba hirviendo por dentro. Al ver que seguían metiéndose conmigo preguntándose si sería un oso lo que buscaba, o quizá un elefante, le solté:

—Pensaba atrapar al Monstruo de Sidwell.

Los hombres se quedaron callados, pero, por la cara que pusieron, sabía que más me valía andarme con cuidado. El monstruo no era ninguna broma para ellos. Sabía que algunos pensaban que debería haber una cacería oficial del monstruo ahora que la criatura se había vuelto lo bastante audaz como para llevarse las camisas de los tendederos y beberse las botellas de leche que dejaban en la entrada posterior de la escuela de primaria. Me había enterado de que varios vecinos de Sidwell pensaban que el monstruo estaba detrás de aquella pintada en la tienda del señor Stern. Yo sabía que no era cierto, pero estaba claro que los Cotillas no pensaban lo mismo.

—No es mala idea, Twig —dijo un hombre que se llamaba Jack Bellows, uno de los carpinteros que estaban trabajando en la Cabaña de la Paloma Lúgubre—. Ahora que se dedica a robar cosas, ¿quién sabe qué será lo siguiente que haga? A lo mejor le da por entrar por la puerta principal de nuestra casa para llevarse lo que le apetezca. Lo mismo abrimos los ojos y nos lo encontramos ahí, de pie ante nuestra cama. ¿Qué vamos a hacer entonces?

Los hombres se pusieron a mascullar sobre hacer planes para cazar al monstruo este verano. No me gustaba nada lo que estaba oyendo. Me sonaba mucho a miedo y a prejuicios.

—La verdad es que me estoy haciendo una supercuerda para saltar a la comba —les dije—. Yo no creo en monstruos.

Eso calmó las cosas. Si una cría de doce años no tenía miedo, entonces parecía bastante estúpido que un grupo de hombres hechos y derechos se alterase tanto por algo que nadie había visto u oído nunca.

—No saltes tan alto como para darte un golpe con la luna —me dijo el señor Stern cuando me marchaba.

Sonreí.

—No lo haré.

Me caía bien el señor Stern. Siempre decía que el motivo de que los pasteles y las tartas de mi madre fuesen lo más vendido de su tienda consistía en que ella era la mejor repostera de Nueva Inglaterra, puede que incluso la mejor del país.

Mi hermano tardó dos meses en construir su gimnasio, y, cuando terminó, era digno de un acróbata del circo. Practicaba durante horas en las anillas y el trapecio, y caminaba por un alambre tan fino que cualquiera diría que andaba por los aires.

—Eh, tú —me decía cuando subía y me asomaba por las escaleras.

—Eh, tú —le respondía yo con una sonrisa.

Siempre estábamos el uno al lado del otro, leales en todo momento. Nunca le dije una palabra a mi madre, aunque sabía que James se escabullía por las noches. Era después de caer la oscuridad, cuando los bosques estaban más repletos de magia, cuando había luciérnagas y la niebla ascendía de los arroyos. Otro de nuestros secretos, uno que no contaría jamás:

a veces me llevaba con él. Supongo que nuestra madre se habría puesto hecha una furia de haber descubierto que yo sabía cómo era aquello de atravesar veloz las gotas de lluvia, seguir a las garzas sobre la superficie plana del lago, elevarse sobre el pueblo de Sidwell cuando no había luz en ninguna ventana y la campana del ayuntamiento repicaba tan lejos que sonaba como si fuera de juguete.

Aquello había empezado cuando yo tenía cinco años, justo después de que mi madre me sacara de la obra de teatro. Yo siempre se lo había pedido y suplicado a mi hermano, y cuando vio lo disgustada que estaba por no ser la Bruja de Sidwell, por fin cedió. Creo que él siempre había deseado compartir lo bonita y lo azul que parecía la tierra desde lo alto.

Esa primera vez me agarré a él y cerré los ojos. Tuve que obligarme a no gritar cuando James ascendió de un salto en el cielo estrellado de la noche, pero, al abrir los ojos, conocí el secreto que mi hermano llevaba consigo, lo asombroso de volar entre las nubes, de rozar las copas de los árboles, de surcar el laberinto del bosque, de contar las estrellas mientras la noche centelleaba a nuestro alrededor.

A veces seguían nuestra estela bandadas enteras de pájaros. Las decenas de polluelos abandonados que James había criado lo reconocían, como si él fuera su hermano además del mío, un extraño pájaro grande con rostro humano que sabía hablar su idioma. James estaba cuidando por aquel entonces de una cría de búho que se había herido en un ala al caerse del nido. El búho se le posaba en el hombro y comía trocitos de cereales de entre sus dedos. James le había puesto de nombre Flash, porque sus grandes ojos amarillos le recordaban al rayo de luz de una linterna. El ala de Flash todavía se estaba curando, así que se desplazaba principalmente a saltitos. Por su manera de ladear la cabeza, daba la impresión de que entendía todo lo que le estabas diciendo.

En uno de nuestros vuelos, James me había enseñado dónde se encontraban los búhos en el bosque de Montgomery. Siempre vuelvo por allí cuando salgo de excursión. Me pongo a ulular y a llamarlos, y, en alguna ocasión, localizo a algún búho que observa desde lo alto de un árbol. Nuestros búhos se llaman mochuelos cabezones, son pequeños como un petirrojo, y suelen esconderse en el follaje cuando estudian a alguien cercano, pero mi hermano era distinto, y los búhos lo sabían. Confiaban en él y, tal vez por ese motivo, habían empezado a confiar en mí.

—Son únicos —me había explicado mi hermano—. Jamás he visto unos búhos como estos en ningún libro de consulta —eran negros enteros, como los cuervos—. Los demás mochuelos cabezones son pardos. Debe de tratarse de una mutación genética.

Al parecer, ciertas cosas solo se podían encontrar en Sidwell: manzanas rosa, búhos negros, y mi hermano James.

Cuando volví a casa del hospital, sostuve el brazo en alto para que James pudiera verme la escayola. Estaba en equilibrio sobre uno de los grandes aros suspendidos que había instalado hacía poco. Era tan excepcional en el trapecio que la tienda del pueblo no tenía todo lo que él necesitaba, y yo había pedido el nuevo equipamiento a unas tiendas que suministraban el material a los circos.

La expresión de James cambió al ver que me había lesionado. Se dejó caer al suelo.

—¿Alguien te ha hecho daño?

Siempre era terriblemente protector. Le había contado que a veces algunos niños se metían conmigo y utilizaban mi apodo en mi contra. «Flaca como una ramita», «larguirucha como una ramita», «boba como una ramita». Nada que fuese de lo más original; aun así, dolía. Pero eso había sido mucho tiempo atrás, cuando estaba en primaria. Ahora nadie me hacía el menor caso. No merecía la pena dedicar tiempo a meterse conmigo.

—No es grave. Y me lo he hecho yo sola. Me he caído de un árbol.

—Tendría que haber estado allí. Podría haberte atrapado.

—Bueno, por suerte para mí, las hermanas Hall estaban allí.

James sintió curiosidad al instante.

—¿Las nuevas vecinas?

Asentí.

—Ellas me han rescatado, o algo así. Julia es la que tiene mi edad. Agate es más mayor, casi de la tuya. Tiene el pelo rubio, huele a jazmín y solo viste de negro.

Me di cuenta de que ya había dicho demasiado y dejé de parlotear sobre las hermanas Hall. Había hecho que James recordase lo solo que estaba. Siguió haciéndome preguntas, queriendo saber más sobre ellas, en especial sobre Agate. En qué curso estaba, de dónde venía, ¿a qué había dicho que olía su perfume? Tenía una mirada distante, así que no le dije todo; sabía que solo lograría hacerle sentir peor. Me callé lo guapa que era y me enredé con historias como el desastre de jardín que tenían o lo listo que era Beau, porque sabía que James siempre había querido tener un perro. De todas formas, siempre volvía a preguntarme por Agate. Quizá James tuviera una chica de sus sueños y pensara que ella era aquel sueño hecho realidad.

—Ojalá —empezó a decir James, pero se detuvo. No hacía falta que lo dijese en voz alta, ya sabía que deseaba ser como todo el mundo. Un chico que pudiese ir a visitar a la vecina de al lado y ver con sus propios ojos qué aspecto tenía—. Los deseos no valen nada —masculló conforme se daba la vuelta y se marchaba.

Percibí una amargura que antes no había en él. Algo estaba cambiando en su interior. Ya se había cansado de seguir las normas. Se lo podía leer en los ojos, grises y oscuros como una tormenta.

James tenía una teoría sobre los pájaros enjaulados, una teoría que esperaba demostrar algún día, cuando se convirtiese en científico. Creía que todos los pájaros a los que les arrebataban la libertad perdían la voz. Una vez que sucedía tal cosa, jamás podrían volver a hallar su verdadero canto.

En los últimos meses, me había estado preguntando si era eso lo que le estaba sucediendo a él. Una especie de desesperanza había descendido y se había interpuesto entre nosotros.

Cuando le pedía que me llevase al bosque, me decía que estaba muy cansado, y, aun así, con frecuencia le oía salir por la noche. Estaba claro que ya no deseaba mi compañía. Siempre habíamos jugado a algún juego de mesa después de la cena; ahora decía que prefería estar solo. Se estaba encerrando. Creo que se le estaba haciendo cuesta arriba aceptar su destino. Como un pájaro enjaulado, se quedó mudo.

Mientras mi madre y yo nos dedicábamos a nuestras cosas, a veces nos olvidábamos de que él estaba allí. Cuando era más pequeño, James le preguntaba a mi madre cuándo podría ir al colegio como todo el mundo, cuándo podría ir al pueblo, y, por supuesto, la pregunta que yo también tenía en mente: ¿cuándo veríamos a nuestro padre? James había dejado de preguntar mucho tiempo atrás, y ahora me temía que se hubiese dado por vencido. De cuando en cuando, subía al desván para pedirle un discurso shakespeariano acelerado. Se lo suplicaba una y otra vez hasta que por fin cedía. «Ser o no ser —empezaba—. ¿Cuál es más digna acción del ánimo, sufrir los golpes y flechas de la fortuna injusta o tomar las armas contra un torrente de calamidades?». Hablaba tan rápido que las palabras se arrastraban y fundían unas con otras, y poco tiempo después estábamos los dos riéndonos. Era un alivio oír a James reírse de nuevo, y un alivio aún mayor saber que, después de pasar tanto tiempo enjaulado, aún no había perdido la voz.

Me gustaba ir caminando al colegio, porque eso me daba un rato para pensar. Uno podría imaginar que ya me pasaba sola el tiempo suficiente, pero en el bosque —no sé por qué— era distinto. Me sentía a mis anchas rodeada de las criaturas que vivían allí. Había ardillas, codornices y muchísimos ratones de campo. Nada de extraños ni de monstruos, solo belleza por todas partes a mi alrededor. Podía subirme a un peñasco y ver Sidwell desde arriba. Era el perfecto pueblo de Nueva Inglaterra, con una magia absolutamente particular. A veces parecía que estábamos aislados del resto del mundo y que aquí el tiempo transcurría de un modo distinto. De haber un lugar donde hallar el encantamiento, sin duda que sería en la región de los Berkshires, donde los bosques eran tan verdes y tan profundos, y donde se elevaba de los arroyos una niebla que recorría las praderas de tal modo que aquellos de nosotros que no teníamos alas nos sentíamos como si caminásemos por las nubes.

Cruzaba el bosque hasta que podía atajar y llegar al final del Camino Viejo de la Montaña. Luego continuaba caminando por el asfalto con el sol cayéndome de lleno sobre los hombros. Siempre que oía cómo se acercaba un coche a mi espalda, saltaba a las hierbas altas y aguardaba a que pasara el conductor. Lo hacía con mucho cuidado, porque una vez casi piso a tres crías de ratón de campo que esperaban a que su madre volviese con el desayuno.

El lunes después de haberme roto el brazo sonó un claxon conocido mientras yo caminaba. Cuando me di la vuelta, allí estaba el coche de la familia Hall. La señora Hall —seguía sin poder llamarla Caroline— y sus hijas me saludaron con la mano. Tenían un aspecto un tanto moderno de más para Sidwell, pero de todas formas se mostraron cariñosas y llenas de alegría, como si el hecho de que me rescatasen después de mi caída nos hubiera convertido en amigas para siempre. En el preciso instante en que pensé en la palabra *amigas*, tuve una sensación de mareo. El corazón me latió con fuerza. Creo que tenía la misma pinta que un ciervo junto a la carretera cuando le sorprende la repentina aparición del ser humano.

Julia bajó su ventanilla.

—Ha llegado tu carruaje. Sube.

Titubeé. Quería ir al colegio en coche con las hermanas Hall. A lo mejor, entonces, dejaba de estar tan marginada. Puede que hasta empezase a llamarme Teresa en lugar de Twig. Pero sabía que mi madre no lo aprobaría. No había que aceptar invitaciones, de ninguna clase. Y a buen seguro que no podía haber ningún contacto con la familia de la bruja, bajo ninguna circunstancia, no, después de lo que nos había sucedido doscientos años atrás.

—Creo que me viene bien hacer ejercicio. —Como si caminar tres kilómetros hasta el colegio fuese una hazaña olímpica—. Pero gracias de todas formas.

Seguí caminando, más despacio de lo habitual. Mi única oportunidad de tener una amiga, y me la había cargado. El coche se mantuvo a mi altura.

—¿Qué tal tu brazo roto? —me dijo Julia a voces.

—¡Sigue roto!

—¡Pues tienes un aspecto maravilloso! —intervino Agate.

—Mejor que mejor —coincidió la señora Hall, que iba al volante.

—Perfecta —sonrió Julia.

Nuestra broma me animó. Me daba vergüenza ir al colegio con la escayola, porque pensaba que eso me hacía parecer todavía más patosa de lo habitual, pero las Hall consiguieron que me olvidase de aquello. La escayola, en realidad, tampoco estaba tan mal. El coche se detuvo y se abrieron las puertas de golpe. Agate y Julia le dieron un abrazo de despedida a su madre y vinieron corriendo a unirse a mí.

—A nosotras también nos vendrá bien el ejercicio —dijo Agate—. Somos demasiado perezosas.

—Hemos venido aquí a cambiar nuestro plan de vida —añadió Julia—, así que ¿por qué no empezar caminando?

Fuimos trotando por el camino, cogidas del brazo. Al principio me dio miedo que mi madre pudiera pasar con el coche camino de la tienda de ultramarinos y me viese con las chicas, pero un rato después dejé de preocuparme, y listo. No había entrado en la Cabaña de la Paloma Lúgubre, sino que estaba en la vía pública, que está ahí para que todo el mundo pase por ella, incluso las hermanas Hall, incluso yo.

—¡Teníamos muchas ganas de verte, y te hemos visto! —dijo Julia—. Es algo así como si las cosas sucedieran sin más aquí, en Sidwell, ¿verdad que sí? Como si fuera magia.

—Como si tuviera que ser así —coincidí yo.

—Como si fuera perfecto —dijimos Julia y yo al mismo tiempo.

—Parecéis dos gotas de agua, las dos —sonrió Agate—. ¿Qué tiene de gracioso la palabra *perfecto*?

—Nada. —Julia me lanzó una sonrisa.

Llevaba puesta una camiseta roja con la frase «Soy quien soy» impresa en letras negras, unos pantalones vaqueros desgastados y unas zapatillas de deporte blancas y negras, a la antigua. Yo llevaba mis vaqueros favoritos y una camiseta blanca que mi hermano había encargado para mi cumpleaños. Ponía «Los búhos molan» con una letra con muchos bucles y estaba decorada con un búho negro serigrafiado por delante y por detrás. Íbamos vestidas casi como unas gemelas, salvo que su camiseta era roja y negra y la mía era blanca y negra. Agate, por su parte, iba sorprendentemente elegante, en especial para un pueblo como Sidwell. Llevaba el cabello rubio pálido sujeto hacia atrás con una diadema de terciopelo, un vestido negro y unas bailarinas. Desde luego que no se parecía a nadie de nuestro colegio. Cuando Julia me vio fijarme en la ropa de su hermana, me contó que Agate diseñaba y confeccionaba todo lo que se ponía.

—Algún día será famosa —me confió Julia—, y yo luciré todos sus modelos. Cuando no esté atareada siendo una artista.

—¿Dónde vivíais antes de venir aquí? —pregunté a las hermanas pensando que la respuesta podría ser París o Roma.

—En Brooklyn —dijo Agate.

Eso explicaba lo elegantes que eran tanto ella como la señora Hall. Eran neoyorquinas, igual que me había considerado yo siempre, más o menos. Al fin y al cabo, nací allí.

—Nuestro padre consiguió un trabajo en el hospital de Sidwell. Por eso hemos venido. Es el jefe de cirugía —dijo Agate con orgullo.

—No estamos aquí por eso —añadió Julia—. Es por mí.

—No, no lo es. —Agate le dio a su hermana un empujoncito, pero tenía cara de preocupación.

—Es verdad, y tú lo sabes. Odiaba nuestro antiguo colegio. No le caía bien a nadie.

—¿Tú? ¿A quién podrías caerle mal? —dije.

Julia me lanzó una mirada de agradecimiento.

—Se me dan fatal los deportes —reconoció—. Para algunos de mi antiguo colegio, eso era motivo para tratarme como a una marginada. Siempre que se formaba algún equipo, a mí me escogían la última, y no es que los culpara. Pero tampoco tenían por qué portarse tan mal con eso.

—La mala gente es insignificante —dijo Agate—, ya te lo he dicho más de cien veces.

Yo estaba acostumbrada a que la gente se comportase como si no existiera, pero no me podía creer que nadie fuese tan cruel aposta con Julia. Era muy fácil llevarse bien con ella.

—Eso no pasará aquí —le dije.

Sidwell era un sitio bastante amigable. Demasiado amigable —me advertía siempre mi madre— para alguien como nosotros.

Mientras caminábamos hacia el colegio comencé a pensar que, si Julia deseaba empezar de nuevo, sería mejor que se mantuviese lejos de mí. En Sidwell, todo el mundo sabía que yo no iba a sus casas y que ellos no vendrían a la mía. Todo el mundo era bien consciente de que yo no asistía a fiestas ni a bailes, ni tampoco iba al cine de la Avenida Principal con el resto de la gente los sábados por la tarde por mucho que me muriese de ganas de ver algunas de las películas sobre las que oía hablar a los demás. A estas alturas, mis compañeros de clase ya se habían dado cuenta de que yo era la persona más fácil de ignorar. No es que fuese impopular, es que no era más que el destello de una niña a la que veían, pero en quien no se fijaban nunca. «Ah, hola, Twig», podría decirme alguien con cara de sorpresa si se cruzase conmigo, como si se hubiera tropezado con la raíz de un árbol o con una planta en un tiesto viejo. Sin duda, a Julia le iría mucho mejor si no la viesen conmigo. A decir verdad, no quería que descubriese el cero a la izquierda que era yo.

Cuando llegamos al colegio les conté que había quedado en ir a ver a un profesor y eché a correr. No quería gafar a Agate y a Julia por su relación conmigo. Volví la cabeza:

—¡Buena suerte! —grité, y actué como si no hubiera escuchado a Julia llamarme:

—¡Espera!

Seguí adelante sin más.

A lo largo del día vi de pasada a las hermanas Hall en varias ocasiones, siempre rodeadas de una aglomeración de gente. No me sorprendió. Sidwell era un pueblo tan pequeño que cualquier novedad resultaba interesante de inmediato, en particular cuando se trataba de alguien tan especial como Agate o tan divertida y tan simpática como Julia. Obtuvieron lo que deseaban en su primer día de clase: una nueva vida repleta de amigos. Exactamente lo mismo que yo siempre había querido.

Como de costumbre, a mí nadie me hizo ni caso. La única que me preguntó qué me había pasado en el brazo fue mi profesora de Lengua, la señora Farrell, a quien le gustaba tanto *Cumbres borrascosas* que había llamado a su gata Emily Brontë. La señora Farrell siempre había sido amable conmigo, y creo que le daba un poco de lástima porque siempre me veía sola. Me firmó en la escayola: «¡A una gran alumna, para que se ponga bien enseguida! De la señora Farrell y de Emily Brontë».

Por fortuna, era el brazo izquierdo el que me había hecho polvo, así que me las arreglé con las tareas del colegio. Me alegraba por Agate y por Julia, porque fuesen populares de una manera tan instantánea. No habría querido estropearlo. Me mantuve apartada de ellas. Es fácil evitar el contacto con los demás si permaneces en un segundo plano, si siempre te sientas en la última fila y te deslizas por las esquinas como si fueras un fantasma.

En lugar de volver a casa a pie por la carretera, donde las Hall me podrían alcanzar, atravesé el bosque de Montgomery. La gente decía que aún había osos en Sidwell, pero yo en la vida me había cruzado con ninguno. Había localizado mapaches, mofetas y zorros, y me había cruzado con topos, que eran más tímidos que yo, y con pavos escandalosos. Debí de parecerles una ramita a ellos también, porque ninguno me hizo el menor caso.

Aunque los Montgomery habían comprado un terreno enorme —aparte de la vieja finca donde a veces pasaban las vacaciones—, el bosque continuaba en estado silvestre por todas partes, no muy distinto de como se encontraba siglos atrás. Unos torrentes de luz del sol de color amarillo limón se colaban entre las ramas. Había helechos y coles de mofeta en los cenagales, franjas de terreno encharcado de un color verde tan oscuro que parecía negro. Me topé con unos arbustos de ramas finas y claras llenas de frambuesas silvestres que habían madurado antes de tiempo. Cogí unas cuantas para llevármelas a casa, para James, y las guardé en los bolsillos en el camino de regreso. Di un rodeo por la zona donde anidaban los búhos.

Entonces vi otra pintada. Estaba en un pedrusco enorme que debía de llevar en ese sitio desde la última glaciación. Tenía la misma pintura azul en espray que había visto en la pared de la tienda del pueblo, los mismos colmillos de monstruo, la misma frase: *NO NOS QUITÉIS NUESTRO HOGAR*.

Fui corriendo el resto del camino, tan rápido como pude, que en mi caso es bastante rápido. Se me cayeron las frambuesas de los bolsillos, pero me dio igual. Atravesé helechos y dejé atrás las orquídeas y las rosas silvestres que en Sidwell crecen por todas partes. Aunque sabía que no existía nada semejante a un monstruo, había alguien en el bosque sin la menor duda, alguien que no quería que lo viesen ni que se acercase la gente. Salí corriendo de allí tan rápido que me podrían haber admitido en el equipo de atletismo del colegio de haber sido de las que se apuntan a cosas. Tuve la misma sensación escalofriante que cuando vi la pintada azul en el pueblo. Prácticamente como si alguien me estuviese garabateando un mensaje a mí.

No me quedé por allí esperando a ver si alguien quería decirme algo, y no me detuve hasta que alcancé a ver la carretera.

Mi madre hizo un pastel para darle las gracias a la familia Hall por cuidar tan bien de mí cuando me rompí el brazo. Había prometido que lo haría, y ella siempre mantenía su palabra.

—Pero ¿cómo se lo envío hasta allí? —Frunció el ceño, y aun así estaba guapa—. Si voy yo, podrían invitarme a tomar café, o preguntarme cuántos hijos tengo. No quiero mentir, y no puedo decir la verdad.

Se sentó ante la mesa de la cocina, angustiada, haciendo todo lo posible por descifrar lo que haría a continuación. Había pasado tanto tiempo desde la última vez que tuvo algo que ver con algún desconocido que se le había olvidado cómo comportarse con la gente. Estaba aturullada y nerviosa por un pastel.

Traté de reconfortarla.

—Podrías decir solamente «hola, gracias y adiós».

Mi madre se rio, pero me hizo un gesto negativo con la cabeza.

—Estaría dando pie a tratarnos como buenos vecinos. Ya sabes que no puedo hacer algo así. Una cosa llevaría a la otra y, antes de que te dieras cuenta, nos estarían invitando a cenar y preguntándose por qué nosotras nunca los invitamos a venir aquí.

Yo no podía evitarlo, sentía curiosidad sobre las Hall. Me preguntaba si Julia seguiría siendo tan amistosa ahora que tanta gente se había congregado a su alrededor en el colegio. Quizá hubiese encontrado ya a alguien mejor para ser su amiga. El corazón se me cayó a los pies al pensarlo, pese a que me lo podía haber buscado yo solita al desaparecer en el colegio. A mi madre no le hizo gracia que le sugiriese que yo podría llevar el pastel, pero, después de jurarle que era capaz de correr tan rápido que podría dejar el pastel en el porche y salir pitando de allí a toda velocidad, accedió.

—Considérame una ladrona, pero a la inversa —le dije.

Mi madre se acercó para rodearme con el brazo.

—Tú eres mi niña querida y considerada —me dijo—. Y desde luego que no eres una ladrona.

Sin embargo, alguien en Sidwell sí lo era. Mientras atravesaba el huerto, iba pensando en todas las cosas que habían desaparecido en el pueblo. Había oído cómo una de las bibliotecarias del colegio le contaba a la señora Farrell que en la madrugada de un domingo le habían robado una linterna del coche; y un carpintero, delante de la puerta de la tienda del pueblo, le decía a un amigo que le habían robado una caja de clavos de la parte de atrás de su camioneta en el día de la conmemoración de los caídos. Si dejaba el pastel en el porche de la familia Hall, ¿seguiría allí cuando ellos salieran?

Me encontré ante la Cabaña de la Paloma Lúgubre en un abrir y cerrar de ojos. El camino de entrada estaba repleto de camionetas de los obreros. Había bastante ajetreo, y yo estaba acostumbrada a entrar y salir de los sitios sin que me viesen, así que traté de llamar la menor atención posible. Aun así, en cuanto salí de entre los árboles, Beau se puso a ladrar como loco y vino corriendo a mi encuentro. Me eché a reír cuando el perro se chocó contra mí, queriendo que lo acariciase, aunque no me quedaba ninguna mano libre.

Estuve a punto de tirar el pastel, pero logré mantener el equilibrio antes de que se me cayese.

—¡Buenos reflejos! —me dijo a voces la señora Hall.

Estaba fuera, en el jardín, si es que se le podía llamar así. Era una zona extensa llena de zarzas y malas hierbas rodeada de una valla de madera ruinosa. La señora Hall llevaba puesto un sombrero de paja y unos guantes gruesos. Me saludó con la mano y sostuvo en alto un cuenco grande. Era de cerámica amarilla, de los que había visto en la sala de historia del ayuntamiento de Sidwell.

—Acabo de desenterrar esto. ¿No te parece precioso? Apenas tiene una muesca.

—Es como los que utilizaban los colonos —le conté—. Es probable que tenga más de doscientos años, por lo menos.

Me había pasado muchos ratos en la sala de historia. La señorita Larch era allí la bibliotecaria. Siempre decía en broma que tenía cien años y que, por tanto, sabía más de historia que cualquiera en el pueblo. Tenía el pelo blanco como la nieve y recogido en lo alto de la cabeza, y solía lucir un vestido negro con los botones plateados y un collar largo de plata con las llaves del ayuntamiento colgando de la cadena. Cada vez que me pasaba por la biblioteca, la señorita Larch exclamaba: «¡Pero bueno, si es la mismísima Teresa Jane!», como si el simple hecho de verme la pusiera contenta. La señorita Larch daba clases de Historia en el instituto antes de jubilarse y trabajar en el ayuntamiento como voluntaria.

—Yo le daba clase a tu madre cuando era una niña. He de decir que era una alumna excelente. Siempre leyendo. Le encantaban las novelas y los libros de cocina.

La señorita Larch me había invitado a tomar el té en varias ocasiones. Había un hornillo montado sobre un viejo mueble de pino con cajones, y allí tenía unas tazas antiguas de porcelana azul y blanca y unas cucharillas de plata con el mango de madreperla. Utilizaba una tetera colonial de la misma cerámica amarilla que la señora Hall encontró en su jardín. También había dos docenas de latas de tés exóticos de los que yo jamás había oído hablar: té verde, de jazmín, de yuzu, Marco Polo, de vainilla y cereza, de orquídea negra. Tés capaces de espantar las pesadillas y tés que te podían hacer reír a carcajadas con un solo sorbo. Yo siempre le daba las gracias a la señorita Larch, pero le decía que me tenía que ir aunque pensaba que ojalá pudiese quedarme. Esa era yo: Twig Fowler, la que se tenía que ir, la que no tenía un minuto para charlar, la que se quedaba petrificada al menor atisbo de que alguien le pudiese hacer una pregunta personal, la que solo era capaz de mascullar un «gracias» antes de salir corriendo por la puerta.

No obstante, no pude escaparme con tanta facilidad una vez que me localizaron en el jardín de los Hall. Éramos vecinos, lo menos que podía hacer era ser educada.

—Sabes muchísimo sobre Sidwell. —Se acercó a saludarme la señora Hall—. Estoy impresionada.

Me encogí de hombros.

—Crecí aquí.

—Desde luego —dijo la señora Hall. Entonces se fijó en el pastel—. ¡Qué encanto! No hay nada comparable a un pastel casero de verdad.

Pude ver de quién había heredado Julia su forma de ser extrovertida. Julia me había contado que su madre era una logopeda que trabajaba con niños que tartamudeaban o que tenían dificultades para pronunciar ciertos sonidos. Resultaba difícil mantenerse distante con ella, en especial cuando me dio un abrazo y me dijo que esperaba que no me doliese mucho el brazo. Íbamos charlando tanto que ni me di cuenta de que la había seguido al interior de la Cabaña de la Paloma Lúgubre. Sabía que me estaba adentrando en territorio del enemigo de mi familia. Estaba a punto de decir que me tenía que marchar a casa, pero cuando atravesé el umbral de la puerta no sucedió nada terrible. No me cayó ningún rayo. No me caí de morros al suelo. Debía ser sincera conmigo misma: quería quedarme.

Había carpinteros, fontaneros y pintores trabajando, arrancando las tuberías viejas y la madera podrida. Reconocí al señor Hendrix, el fontanero, que no hacía mucho que nos había arreglado a nosotros el fregadero atascado de la cocina. Varios de los trabajadores del pueblo me dijeron «Hola, Twig». Yo les saludé con un gesto de asentimiento, y reconocí a algunos del grupo de los Cotillas.

Pude ver que el interior de la casa estaba hecho un desastre antes de que se mudasen los Hall. Aún había telarañas por todas partes, y cercos de humedades a causa de las ventiscas del invierno, que habían manchado las paredes y los techos con extrañas formas de nubes y de ovejas. Habían restaurado los suelos, antes cubiertos de una mancha de color rojo sangre, y ahora eran de un roble resplandeciente. Las paredes estaban grises y sucias de hollín por los fuegos de antaño en la chimenea. Estaban llenas de grietas, pero ya estaban abriendo unos botes de pintura blanca. Haría falta una buena cantidad de trabajo antes de que la casa volviese a parecer habitable.

—Esta pobre casa —dijo la señora Hall mientras estábamos de pie ante el pasillo principal. La cabaña parecía triste, como si le doliese el corazón además de los techos sucios y los yesos agrietados—. Nuestra familia la ha dejado abandonada durante generaciones. Pero nunca la llegamos a vender, ¡y alguna razón habrá para eso! Pretendo devolverla a la vida.

—No parece que la hayan mantenido mucho —se me escapó—. Lo siento señora Hall, no quería ofender a la casa.

—Llámame Caroline —me recordó la señora Hall—. Y no sé si a una casa se la puede ofender. A mí, desde luego, no me ha ofendido. Da igual, creo que a todos nos va a encantar la Cabaña de la Paloma Lúgubre. ¡Bueno, a mí ya me encanta!

Era tan optimista que no quise mencionarle que la última inquilina de la casa había sido una bruja. Estaba a punto de marcharme para no abusar de su hospitalidad, o antes de que mi madre se diera cuenta de que hacía mucho que me había ido, o antes de que a Julia le diese tiempo de decidir que ya no quería ser mi amiga. Pero, antes de que pudiese salir de allí, Julia bajó a toda velocidad por las escaleras con la cara salpicada de pintura.

—Justo a quien yo quería ver —anunció.

Dado que Julia había gozado de popularidad en el colegio nada más llegar, me sorprendió oír aquello. Seguramente, alguien le habría dicho ya que no perdiese el tiempo con Twig Fowler. Observé un poco más de cerca la pintura que tenía en la cara. Azul, del color de las pintadas. Una oleada de sospecha tiró de mí.

—¿Cómo tienes el brazo? —me preguntó Julia.

Solo tenía tres firmas en la escayola. No podía contar a la gata, Emily Brontë. La mayoría de la gente habría hecho que le firmasen todos sus amigos, y a mí me avergonzaba no tener más nombres.

—En el colegio no se fijan mucho en mí, la verdad —le dije. Pretendía darle a entender que yo no formaba parte del grupo más guay, y que no iba a fiestas. Iba sola por los pasillos porque era un cero a la izquierda, así que, para el caso, Julia y yo bien podríamos dejar de hablarnos en aquel preciso instante.

—La gente no se suele fijar en algo que lleva viendo toda la vida. Eso es lo que dice mi madre —me contó Julia, mientras se limpiaba la pintura azul de la cara con una toallita húmeda de papel.

—Eso es —asintió la señora Hall—. Pasan de largo por delante de las rosas que crecen junto a la puerta de su casa y se van a una floristería a pagar un dineral por unas flores que no son ni la mitad de bonitas.

—La verdad es que a mí ya me da igual lo que piense la gente —me confió Julia—. Yo tomo mis propias decisiones —sonrió—. Soy de Brooklyn.

Decidí quedarme, solo unos minutos, lo justo para tomarme una porción del pastel de fresa y ruibarbo de mi madre.

Fuimos a la cocina y, después de un solo mordisco, la señora Hall dijo que era el mejor que había probado nunca.

—Si vendiese sus pasteles en Brooklyn, tu madre sería millonaria. —Julia dio otro bocado bien grande—. La cola daría la vuelta a la manzana y le pagarían lo que ella les pidiese. Todo el mundo estaría como loco con sus pasteles, y le aplaudirían al verla por la calle.

No podía negar que mi madre era la mejor repostera de por allí.

—Espera a probar nuestra tarta de manzana rosa este otoño.

—Eso suena celestial. —La señora Hall se cortó una segunda porción—. Me pregunto si tu madre compartiría alguna vez la receta.

Bastó con hablar de mi madre para que me entraran los nervios por estar en la Cabaña de la Paloma Lúgubre. Había incumplido mi promesa, y ya llevaba fuera de casa cerca de una hora. Me dividía entre el deseo de quedarme y la sensación de estar siendo desleal.

—No suele dar sus recetas. Son una especie de secreto de familia.

—Vámonos arriba —sugirió Julia—. Tienes que ver lo que le he hecho a mi cuarto.

Dudé. No era solo la pintura azul que Julia tenía en la cara lo que me preocupaba. Me imaginaba a la bruja acechando por aquellas habitaciones, echando maldiciones, destrozándole la vida a todos en nuestra familia.

—¡Te echo una carrera! —gritó Julia.

Como casi todos los corredores, yo arrancaba en cuanto oía un desafío. Se me olvidaron las advertencias de mi madre, la bruja y la maldición, y llegué al descansillo antes que Julia.

—¡Qué rápida eres! —me dijo.

—Tampoco es que lo intente. Es que tengo las piernas largas.

Julia había estado pintando su cuarto. El tono que había escogido era un azul oscuro que me recordaba a la medianoche. Era lo contrario de aquella pintura en espray de color azul eléctrico chillón en la pared de la tienda del pueblo y en el bosque, la una tan relajante como discordante era la otra. Sentí una oleada de alivio.

—Vamos a hacer que esta habitación sea perfecta —sugirió Julia.

—Vale. —Estaba más que dispuesta a ayudar.

Arrastramos una escalera hasta el centro de la habitación. El plan de Julia era pintar unas relucientes estrellas plateadas con una plantilla por todo el techo. Me prestó unas gafas de sol, ella se puso unas gafas de buzo, y empezamos a trabajar turnándonos con una lata de espray de pintura metálica. De nuevo, pensé en el mensaje que había visto: *NO NOS QUITÉIS NUESTRO HOGAR*.

—¿Compraste esta pintura en Brooklyn?

—Qué va —dijo Julia—. En Sidwell. En la ferretería de Hoverman.

La primera estrella brilló como si de verdad se hubiera colado por un agujero del tejado para iluminar el cuarto. Julia

pensaba pintar una estrella cada día, hasta que tuviese constelaciones enteras en el techo.

—Brilla, estrella, luce, estrellita —canturreó Julia cuando
terminamos—. Espero que este sea el mejor de todos los veranos.

Yo también lo deseaba, pero me daba miedo decirlo en voz
alta. Eran muchos los deseos que había tenido en el pasado:
que James pudiese vivir como los demás chicos, que regresara
mi padre, no escuchar cómo lloraba mi madre a altas horas de
la noche. Tal y como solía decir mi hermano, para cualquier
miembro de la familia Fowler, los deseos no valen nada.

En la habitación de Julia había un asiento empotrado bajo la ventana, de esos antiguos, con vistas a nuestro huerto. Yo
siempre había deseado acurrucarme a leer en uno de esos
asientos empotrados en las ventanas, y aquel tenía unos cojines azules con un bordado de rosas plateadas que Agate había
cosido. Nos acomodamos allí y comentamos los libros que
más nos gustaban. En nuestra lista estaba todo lo que había
escrito Edward Eager, desde luego, junto con E. Nesbit y Ray
Bradbury. Yo añadí *Cumbres borrascosas,* por la señora Farrell.
Aunque aún no lo había leído, se hallaba en mi lista de lectu-
ras obligatorias. Julia sugirió los poemas de Emily Dickinson,
porque la autora había vivido no muy lejos de Sidwell. A pesar
de que Emily Dickinson era una especie de eremita que se
encerraba en su cuarto y se escabullía en absoluta soledad para
ir a coger flores silvestres, ella también parecía el tipo de persona de quien querrías ser amiga si hubieras vivido hace mucho tiempo.

Julia y yo hablamos tanto que pasó un buen rato antes de que me diera cuenta de que casi había oscurecido. Las sombras habían comenzado a filtrarse entre los árboles como charcos de tinta.

Me levanté tan rápido que los cojines se cayeron al suelo. Los recogí, me disculpé por mi torpeza y dije:

—Me tengo que ir. —Me sentía igual que el Conejo Blanco en *Las aventuras de Alicia en el país de las maravillas,* con un pánico desatado, temerosa de lo que sucedería si llegaba tarde, lo cual, francamente, ya era un hecho.

—¿Por qué no te puedes quedar? Podrías cenar, y después te acompañaría hasta la mitad del camino.

—¡De ninguna manera! —solté sin pensar. Julia puso cara de estar dolida, y advertí que le había hecho daño. Eso era lo último que deseaba—. Lo siento —le dije—. Me encantaría quedarme, pero mi madre no lo permitiría. Para empezar, ni siquiera quería que viniese.

—¿Por qué no le caemos bien? Si ni siquiera nos conoce.

Se lo expliqué lo mejor que pude. Hubo una época en que nuestras familias estuvieron enemistadas, una época en la que se dijeron e hicieron cosas terribles. A algunos les partieron el corazón, y otros quedaron avocados al infortunio. Le hablé de la obra de teatro del ayuntamiento y le conté que, una vez al año, los niños más pequeños del campamento de verano narraban la historia de Agnes Early, la Bruja de Sidwell, y que cantaban una canción sobre cómo le echaba una maldición a todo aquel que le había hecho daño y decían tres veces que deseaban que la bruja desapareciese y jamás regresara.

—La obra termina cuando empujan a la bruja por un precipicio de cartón piedra —le dije a Julia—. Entonces aplaude todo el pueblo.

—¡Qué maleducados! —Julia tenía la cara roja de ira—. ¡Jamás había oído algo tan perverso!

Traté de poner excusas al comportamiento de Sidwell.

—Era una bruja, al fin y al cabo.

—Es horrible desearle a alguien lo peor. Estoy segura de que ella tenía sus razones. A lo mejor la gente hirió sus sentimientos, igual que me lo hicieron a mí en Brooklyn. Una sola palabra te puede sentar como si te tirasen una piedra.

Nunca había pensado de esa manera en la situación de la bruja, y, cuando lo dije, Julia se quedó complacida. Pensar en Agnes Early simplemente como alguien a quien habían hecho daño me hizo tenerle menos miedo. Y ya no me ponían tan nerviosa los colmillos azules que había visto en el pueblo y en el bosque. Estaba segura de que quien estuviese detrás de aquello tendría sus razones, exactamente igual que la bruja.

—Vamos a quedar mañana en la carretera para ir andando al colegio —le dije—. A la misma hora, en el mismo sitio.

—Un plan perfecto —sonrió Julia.

Bajé las escaleras, le dije «adiós» desde lejos a la señora Hall para despedirme y bajé corriendo los escalones del porche. Me sentía feliz, como si fuera la niña más normal de Sidwell, o, al menos, lo bastante normal, y sin la menor preocupación. Sin embargo, nada más salir sentí que una oleada de temor me recorría el cuerpo. Allí afuera, en la hierba, Agate Hall miraba fijamente al huerto. Parecía tener el rostro iluminado, con aire de ensoñación, se abrazaba el cuerpo con los largos brazos. Refrescaba al anochecer, y una niebla se enredaba por el huerto. La luna ya estaba saliendo, y surgieron las estrellas en un cielo que era del mismo color exacto que la habitación de Julia. Tuve la sensación de que había sucedido algo fuera de lo común. En aquella luz, todos los árboles parecían de plata, y se oía un murmullo, como si se hubiese levantado un poco de viento, pero el aire estaba quieto.

Agate se volvió hacia mí. Tenía los ojos muy abiertos, las mejillas sonrojadas. Tenía el típico aspecto de quien se acaba de despertar de un sueño.

—Lo he visto —dijo en un tono suave de voz—. A ese del que hablan. Es real.

Las dos estábamos temblando, aunque por motivos distintos. Yo tenía miedo, mientras que Agate parecía hechizada. La observé y supe que, por primera vez en todos aquellos años, a pesar del peligro, a pesar de la maldición, mi hermano se había dejado ver.

CAPÍTULO 3
MALHADADOS

Cabría pensar que, después de doscientos años, una maldición tendría menos fuerza y que acabase por dejar de tener efecto igual que la tinta va perdiendo el color en un papel viejo. Pero este no era el caso.

En nuestra familia siempre había sido una tradición quitarle las minúsculas alas a los niños el día antes de su primer cumpleaños. A la leche del bebé se le añadía una mezcla de hierbas además de otra docena de ingredientes, o más, que se mantenían en secreto. Una vez que el niño se bebía la poción, empezaban a desaparecerle las alas, se iban marchitando poco a poco, centímetro a centímetro, hasta que se le acababan cayendo y el suelo se llenaba de plumas. Pero había que pagar un precio por ser como todo el mundo: a partir de aquel instante, el individuo sería frágil, estaría febril y cansado constantemente, incapaz de jugar como los niños o hasta de levantar los brazos por encima de la cabeza. A los chicos Fowler se les fracturaban los huesos con facilidad, y algunos quedaban postrados en cama. De mayores, incluso, les dolía la espalda cada vez que había tormenta. A mi propio abuelo le costaba caminar, y siempre usaba un bastón. Recuerdo venir de visita y sentarme en el porche con él, mirando cómo pasaban las bandadas de mirlos negros como si fueran unas nubes impenetrables sobre nosotros.

—Eso es libertad —me decía, y, aunque yo fuese poco más mayor que un bebé, escuchaba el anhelo en su voz.

La cura de hierbas solo funcionaba antes del primer cumpleaños del niño. Después de eso, las alas se asentaban. La maldición era inquebrantable.

Mi madre era distinta del resto de los Fowler. Tal vez por haber salido y haber visto cómo vivía la gente lejos de Sidwell, rechazó la cura para mi hermano. Le daba igual que le hubieran quitado las alas a todos los niños de nuestra familia durante casi doscientos años: el procedimiento era peligroso y doloroso, y no lo iba a consentir.

Tenía sus propios métodos cuando James era pequeño. Cuando vivíamos en Nueva York, tenía las alas lo bastante pequeñas como para poder sujetárselas antes de salir a la calle; luego lo enfundaba en una sudadera que le venía grande. En un lugar tan concurrido como Manhattan, nadie se fijaba en una madre joven y guapa con una niña pequeña de cabello oscuro en un carrito y un niño muy serio y guapísimo de cinco años que no salía corriendo por el parque como los demás niños, a jugar al béisbol, sino que se quedaba con nosotras, clavado, siempre se portaba bien pero al margen. Ya por entonces, él sabía que era distinto.

No me acuerdo mucho de mi padre. Desapareció de nuestra vida antes de que yo fuese lo bastante mayor para conocerlo, pero mi hermano dice que solía llevarnos a los columpios en Central Park. Le decía a James entre susurros que cualquiera que fuese tan afortunado como para experimentar el vuelo era alguien especial. James cerraba los ojos y respiraba hondo. Arriba, en el aire, por fin se sintió libre.

—¿Cómo era papá? —solía preguntarle a James cuando estábamos a solas.

—Alto, callado, alguien en quien podías confiar para que te cogiese si estabas en el aire.

Todo lo que yo recordaba, sin embargo, era una sombra, y, con el paso de los años, hasta el recuerdo de aquella sombra parecía estar desapareciendo.

Nunca supe a ciencia cierta lo que les pasó a mis padres, ni por qué se separaron. Cada vez que yo sacaba el tema, mi madre se daba media vuelta.

Un día estaba pensando en mi padre mientras hacía los deberes en la sala de historia del ayuntamiento. A los de mi clase nos habían encargado escribir sobre la fundación de Sidwell en 1683, y estaba investigando acerca de la primera biblioteca del pueblo. Se encontraba en una vieja cabaña de madera en el parque. El edificio aún existía, pero en la actualidad se utilizaba como oficina de turismo. La gente que visitaba Sidwell se detenía allí para pedir planos y una lista de los lugares que no podían perderse de camino a Lenox o a Stockbridge. Entre los puntos recomendados se hallaban el bosque de Montgomery, el Último Lago, la cafetería Starline y la torre del campanario del ayuntamiento.

Por alguna razón, leer sobre aquellos primeros años de Sidwell me hizo pensar en los inicios de mi familia en Nueva York. Me desconcertaba lo poco que sabía sobre la historia de mi propia familia y lo mucho que deseaba algo que jamás había conocido siquiera y que probablemente jamás conocería. Me eché a llorar, algo que nunca había hecho en público. Sobre todo me sentía avergonzada porque la señorita Larch estaba atendiendo a un caballero mayor que vestía una chaqueta de *tweed* y llevaba un bastón con la punta plateada. El hombre me lanzó una mirada y chasqueó la lengua. Noté que le daba lástima, y el hecho de que le diese pena a alguien que ni me conocía me hizo sentir aún peor.

La señora Larch susurró unas palabras a su acompañante, al que le oí decir: «Claro, claro, por supuesto. No se preocupe por mí».

Ella me trajo una taza de té de orquídea negra recién hecho y se sentó enfrente de mí. Aquella infusión era especialmente aromática. A partir de aquel día, fue mi té favorito. El aroma me recordaba a los días de lluvia, a las bibliotecas y a un montón de jardines en flor.

—Esta combinación en particular viene muy bien para la tristeza —me dijo la señorita Larch instándome a probarla.

—¿No se molestará su amigo por haberlo dejado solo? —le pregunté mientras me frotaba los ojos. La verdad es que no me importaba llorar delante de la señorita Larch. Lo más seguro era que yo la conociese mejor que nadie en el pueblo.

—El doctor Shelton es un hombre muy paciente —me tranquilizó—. Y muy bien educado. No le importará servirse él solo.

Aquel anciano del bastón estaba leyendo un libro de poemas y tomándose un té a sorbitos. Cuando alzó la mirada me pilló observándole y me dijo:

—¡Como si no estuviera! Disfruta de tu bebida.

El té estaba delicioso, oscuro y floral. Después de varios sorbos, sentí un curioso cosquilleo en la garganta, casi como si algo dentro de mí se hubiera desbloqueado.

—Hay quien afirma que las orquídeas negras te hacen decir la verdad.

La señorita Larch tenía los ojos de un verde grisáceo que me recordaba a un remanso de agua. Tenía mucha calma, tal vez por ser tan mayor y haber visto tantas cosas. Había vivido huracanes, tormentas y crudos inviernos, y aquí seguía.

—Estaba pensando en mi padre —reconocí.

—Ah, echándolo de menos, supongo.

Continué antes de ser capaz de detenerme.

—Es que no entiendo por qué no viene nunca a vernos, aunque rompiese con mi madre.

—¿Crees que fue él quien rompió con *ella*?

Me quedé mirando detenidamente a la señorita Larch. Parpadeó, y después sonrió. Me daba la clara sensación de que la señorita Larch sabía sobre el pueblo y sobre mi familia mucho más que nadie en Sidwell.

Eso formaba parte de ser historiadora: recopilas datos y te los guardas para un día de lluvia, o a lo mejor simplemente para el día en que más falta te hagan.

—Pues… en realidad no estoy muy segura de qué pasó entre ellos —admití.

—Esto es lo que yo te sugiero —dijo la señorita Larch en voz baja. Me sentí como si me hubiese deslizado en un sueño sin darme cuenta. Quizá fuese el té de orquídea lo que me hizo sentirme así, o tal vez solo fuese que nunca había sido verdaderamente sincera con nadie de fuera de mi familia—. No juzgues a tu padre con excesiva dureza. No todo es lo que parece.

Una vez que me marché del ayuntamiento, pensé en lo que me había dicho. Iba caminando por delante de la oficina de turismo sobre la que estaba escribiendo para mi trabajo de clase. La mayoría de la gente que pasaba por el pueblo jamás se habría imaginado que aquello había sido la primera biblioteca del condado de Berkshire. En otros tiempos sus estantes acogieron trescientos treinta y tres libros en lugar de mapas y panfletos, y Johnny Manzanas trazó su recorrido a través del país sobre una de las mesas de su interior. Puede que la señorita Larch tuviese razón al respecto de que ciertas cosas no eran lo que parecían ser. Me hizo pensar en que debía observar con mayor detenimiento todo cuanto veía, y no sacar conclusiones precipitadas.

Entonces volví a ver la pintada de los colmillos azules. Esta vez los habían pintado con espray en el lateral de la oficina de turismo, solo que ahora no eran únicamente unos colmillos. Había una cara entera.

Un monstruo derramando unas lágrimas azules.

En una letra azul y pequeña, habían garabateado: *SI NOS QUITÁIS NUESTRO HOGAR, LO LAMENTARÉIS.*

Una multitud se había congregado alrededor, incluidos los hombres del grupo de los Cotillas. Algunos debatían al respecto de si el calabozo de la comisaría sería lo bastante sólido para retener al monstruo cuando lo capturasen.

El doctor Shelton se acercó hasta llegar a mi lado. Olía a una combinación del musgo del bosque y de té de orquídea negra. Quizá fuera ese el motivo de que le dijese «hola».

—¿Se acuerda de mí? —le pregunté.

—Desde luego que me acuerdo. ¿Qué está pasando aquí?

—Creen que hay un monstruo que está escribiendo mensajes y robando cosas por el pueblo. Están hablando de ir a por él.

—La señorita Larch diría que la gente debe prestar más atención a lo que tiene justo delante.

—¿Eso diría?

Supuse que debían de ser muy buenos amigos para que él supiese lo que diría la señorita Larch incluso sin tenerla delante. El doctor Shelton no era especialmente alto y tenía una leve cojera, de ahí que utilizara el bastón. Ahora que me fijaba con más atención, parecía llevar una ropa un tanto desgastada, aunque la camisa estaba limpia y lucía una corbata que me sonaba de algo. Pensé que podía haber visto al señor Stern con la misma corbata, y me pregunté si estaría entre las prendas que oí que le habían desaparecido del tendedero. La chaqueta que vestía el caballero estaba raída, y llevaba puestas unas botas de excursionismo con los cordones de colores diferentes: uno azul y el otro blanco. Sin embargo, tenía una cara agradable, cordial, y un brillo en los ojos. Y era amigo de la señorita Larch, que era la mejor de las recomendaciones.

—Ah, sí —me contó—. Desde luego que lo diría. Y tendría razón, como de costumbre. ¡Pero bueno, míralo boca abajo!

El doctor Shelton me sonrió y continuó su paseo por el parque del pueblo, silbando para sí.

Me quedé mirando la pintada un rato más; a continuación hice justo lo que él me había dicho. Dejé caer la mochila e hice el pino, aunque tampoco es que se me diese muy bien. Al observar la pintada boca abajo, comprendí que era la cara de un búho.

No había ningún monstruo, eso lo sabía yo mejor que nadie, pero ahora me preguntaba si James sería el responsable de la pintada. ¿Quién se iba a poner más del lado de los búhos que mi hermano?

Yo solo esperaba que no estuviese llevando a la gente directa hacia él.

En ocasiones pensaba que mi madre debería haber hecho caso a mis abuelos. Ellos decían que su decisión de no quitarle las alas a James acabaría siendo un desastre, y le advirtieron de que el niño jamás conocería lo que era una vida normal. Aun así, mi madre insistía en que James tenía derecho a ser quien era. No se dio cuenta de lo mucho que había en juego hasta que a James le llegó la hora de ir al colegio. La realidad del peligro de su situación se hizo patente un día en el Madison Square Park de Nueva York, mientras esperábamos para subirnos en los columpios. Dos madres que estaban en la cola hablaban sobre el miedo que a sus hijos les daban los monstruos.

—Las criaturas que más aterran a Willy son las que vuelan —escuchamos a una de las madres—. Cualquier tipo de dragón, los monos voladores de *El mago de Oz*, hasta los murciélagos le hacen salir corriendo y chillando en busca de un sitio donde esconderse.

Mi madre se puso colorada. Le dio a James unas palmaditas en la cabeza, pero su expresión era seria.

—Tú no escuches —le dijo.

De todos modos, estoy segura de que se debió de enterar de todo. Sé que yo sí.

—Figúrate, todas las noches tengo que mirar debajo de su cama con la luz antimonstruos —prosiguió la mujer del parque—, que es la linterna que tenemos en casa. Ya le he dicho que si alguna vez vemos que pasa volando algún monstruo, lo cazaremos con una red y lo llevaremos al zoo. Lo encerraremos y jamás dejaremos que vuelva a salir.

Nos marchamos del parque y nos fuimos a nuestra cafetería preferida, donde mi madre tiró la casa por la ventana a base de galletas blancas y negras, glaseadas por igual con vainilla y chocolate, además de un chocolate caliente con nubes de azúcar. Para ella, sin embargo, solo pidió un café, y ni lo tocó. Tamborileaba con los dedos sobre la mesa y miraba hacia atrás, por encima del hombro, cada vez que entraba por la puerta algún otro cliente. Aquel día supuso el final de nuestro intento de ser como todo el mundo.

No sé por qué nos separamos de mi padre cuando nos marchamos de Nueva York después del accidente de mis abuelos, pero sí sé que mi madre estaba terriblemente triste. Escribió una nota antes de que entrásemos en el coche. La recuerdo llorando mientras la metía en un sobre. Luego hizo algo que recordaré siempre: selló la carta con un beso. Dejó la tenue marca del lápiz de labios rosa que se había puesto. La nota era para nuestro padre, así que tal vez la señorita Larch tenía razón al preguntar quién había dejado a quién. Fue mi madre quien salió por la puerta y la cerró después. Siempre me había preguntado qué pensaría mi padre al regresar a un apartamento vacío y ver el sobre en la mesa de la cocina.

Siempre creí que vendría a buscarnos.

A pesar de todo, a pesar de la nota sobre la mesa y de los años que habían pasado, aún lo creía.

Hasta que él regresara, James y yo nos cuidábamos el uno al otro. Cada vez que James se escabullía para volar, allí estaba yo esperándolo cuando él llegaba para posarse en el alféizar de la ventana. Algunas noches, llegaba tan al norte que no regresaba a casa hasta el amanecer, cuando los bosques se inundaban de una luz nacarada. A veces daba unos golpecitos en el suelo de mi cuarto para despertarme y hablarme de sus aventuras, de cómo el cielo nocturno estaba repleto de diferentes constelaciones, de cómo había descansado en unos pastos donde las vacas se habían puesto a mugir sorprendidas al verle, de cómo había caminado por campos de jacintos silvestres. Bebía de manantiales gélidos, alzaba el vuelo con los búhos, localizaba cuevas donde estaría a salvo cuando las tormentas llegasen por el oeste.

Me contó que había ocasiones en que deseaba continuar, más y más lejos al norte, hasta los límites de Canadá, donde nadie lo encontraría jamás. En aquella tierra helada, solo oiría el eco de su propia voz, y dejaría de sentirse como una criatura perseguida.

Al final, sin embargo, siempre regresaba, con la ropa hecha jirones, con zarzas enredadas en el pelo.

Y, ahora, la presencia de Agate le hacía quedarse más cerca de casa.

Desde el primer día en que se vieron, James había sobrevolado su casa todas las noches, pero aún le faltaba intentar hablar con ella.

—Deberías —insistí yo—. Os gustáis el uno al otro.

Él había estado encerrado tantísimo tiempo que, en mi opinión, había perdido la confianza en sí mismo a la hora de hablar con alguien, y en especial con Agate.

—No sabría qué decirle.

Jamás le había visto tan inseguro.

—Lo único que tienes que hacer es ser tú. —Si de algo estaba yo segura, era de eso. Había visto la expresión de la cara de Agate cuando lo vio.

Un día, al cruzar el césped, mi madre vio a James en el tejado de nuestra casa. Ni siquiera estaba anocheciendo, pero, después de tantos años de obedecer las normas, se había vuelto imprudente. Sin pensárselo dos veces, alzó el vuelo y desapareció. Mi madre esperó durante horas, preocupada, en el porche, observando el cielo con los ojos entrecerrados. Bajé sin hacer ruido por las escaleras pasada la medianoche y me encontré con que se había quedado dormida en la mecedora.

Por la mañana, mi hermano se posó con ligereza sobre la hierba. Llevaba unos vaqueros y un jersey gris, y las alas replegadas en la espalda. Eran negras, como las de un cuervo, con algunas plumas sueltas de un azul iridiscente.

Nuestra madre se despertó con el sonido de sus pasos. Fue a abrazarlo, casi entre lágrimas.

—¿Qué crees tú que harían las autoridades si encuentran a su monstruo?

—¿Es eso lo que soy? —dijo James en voz baja.

—¡No! ¡Por supuesto que no! —Lo estrechó con más fuerza—. Pero ¿qué pensará la gente del pueblo si te ve? Por ese motivo esto no admite discusión. Tienes que quedarte en casa.

James se apartó de ella y entornó los ojos. Estaba cambiando, convirtiéndose en sí mismo. Estaba harto de estar encerrado.

—No creo que pueda —dijo con voz ahogada.

Yo lo observaba desde detrás del viejo cristal ondulado de nuestra puerta principal. Por los ojos de James, más negros que grises, sabía que ya no iba a seguir haciendo lo que le decían.

No le culpé.

Una mañana llamaron a la puerta. Era sábado y, por supuesto, no estábamos esperando a nadie, ya que nunca teníamos invitados. Mi madre me pidió que me librara de nuestra visita inesperada. Pensé que sería uno de esos vendedores ambulantes que a veces pasaban por el pueblo tratando de convencer a todo el mundo de que comprase cualquier tontería que no necesitaba nadie, como un paraguas para dos, una cama elástica plegable que podías llevar en un maletín o un nuevo tipo de jabón para lavar el coche que no necesitaba agua. Abrí la puerta solo una rendija. Un hombre se paseaba por el porche, hablando consigo mismo. Llevaba un periódico enrollado. Al verme, se quedó paralizado.

—Hola, Twig. —Era muy alto y desgarbado, y tenía unos ojos grises y tristes.

—¿Cómo sabe mi nombre? —dije, desconfiada.

—¿Es que en Sidwell no se conoce todo el mundo? ¿No es esa la gracia de un pueblo pequeño? —Se fijó en mi escayola y se le abrieron los ojos de par en par—. ¿Roto?

—Una pequeña fractura. —Seguía con cara de preocupación, así que añadí—: Me curo rápido. Ya casi lo tengo perfecto.

—Me alegra saberlo.

Estaba a punto de decirle «adiós», además de un «gracias, pero no, gracias» a lo que fuese que estuviera vendiendo, cuando sacó del bolsillo una pluma de esas a la antigua. Antes de que se lo pudiese impedir, dio un paso al frente y me firmó en la escayola. Tenía una firma muy bonita, y me dibujó una rosa al final de su nombre.

—Ian Rose —me dijo, presentándose—. Una rosa es una rosa es una rosa —me sonrió. Tenía el pelo oscuro un poco largo de más y algo enredado—. Soy del periódico.

La última vez que llevé un pedido de pasteles a la tienda del pueblo oí a los Cotillas conversar sobre un periodista de Nueva York que se había trasladado al pueblo para ocupar el puesto de editor del *Heraldo de Sidwell*. Aunque no era de aquí, a los Cotillas no les molestaba demasiado que un forastero se encontrase al mando del periódico de Sidwell. Era sobrino de la señorita Larch, y estaba viviendo con ella, en la habitación que le sobraba en su casa de la calle Avery. El *Heraldo* no tenía mucho de periódico ya, y la gente creía que echaría el cierre, pero, supuestamente, aquel tipo pretendía salvarlo si era capaz. Algunos de los hombres hacían apuestas al respecto de la fecha en que fracasaría aquel nuevo editor y el periódico cesaría su actividad.

—No queremos ningún periódico. —Hice además de ir a cerrar la puerta—. Gracias, de todas formas.

—Mi tía me ha dicho que me pase por aquí. Me ha hablado muy bien de ti.

—¿Eso ha hecho? —Me sentí halagada al oírlo. No podía ser maleducada con uno de los parientes de la señorita Larch, así que dejé la puerta abierta.

—Siempre venía a verme a Nueva York, por lo menos una vez al año. Yo venía aquí de visita más o menos cuando tenía tu edad, pero lo cierto es que no conozco Sidwell. Ahora que estoy aquí para quedarme, me da la sensación de que me sentiré como en casa en un visto y no visto. Hasta donde yo sé, es un pueblo muy agradable.

—Sí y no. Es más complicado de lo que cabría pensar —le dije, rememorando los sentimientos de la señorita Larch.

—La mayoría de las cosas lo son.

Asentí.

—He venido a entrevistar a tu madre —me explicó—. Podríamos publicar en el *Heraldo* un artículo interesante sobre el huerto.

—No sé yo —le dije—. Mi madre no habla con desconocidos.

—No soy tan desconocido —me sonrió, y yo le correspondí.

Por alguna razón, sentí lástima del señor Rose. Quizá porque era nuevo en el pueblo y no tenía ni idea de lo antipática que era nuestra familia. Mi madre jamás hablaría con él. Oí movimiento en el vestíbulo. Había venido mi madre, hasta situarse a mi lado.

—Ian —dijo.

Me pregunté si lo conocería de cuando él venía a ver a la señorita Larch, hace tantos años.

—Le estaba diciendo a Twig que me gustaría escribir un artículo sobre el huerto.

—¿Un artículo? —Me esperaba que lo despachase por donde había venido. En cambio, se volvió hacia mí y me dijo—: ¿Por qué no te vas a desayunar?

Acto seguido salió al porche y cerró la puerta a su espalda.

Me asomé por el viejo cristal de la puerta. Cuando miras a través de él, todo parece estar muy lejos, casi como en un sueño. Para ser dos personas que no se conocían muy bien, se diría que mi madre y el señor Rose tenían mucho que decirse. Escuché que mencionaban mi nombre, lo cual me sorprendió. Después oí a mi madre decir:

77

—Si has venido al pueblo para eso, Ian, entonces has cometido un error.

Seguramente hice sonar la puerta, porque llamé la atención de mi madre. Cuando se giró para verme, me lanzó una mirada muy seria que me convenció de irme a desayunar. Saqué leche y cereales, pero tenía en el estómago una extraña sensación, como si hubiese habido un terremoto y la tierra se estuviera moviendo bajo nuestros pies, como si todo cuanto habíamos sido, hecho y conocido estuviera a punto de cambiar.

Le subí a James el desayuno hasta el desván. No estaba comiendo mucho últimamente, así que le llevé su preferido: un cuenco de copos de maíz, tostadas de pan y un poco de la mantequilla casera de miel de nuestra madre. El secreto de la mantequilla de miel es que le añadía lavanda, y eso le daba tanto aroma que a veces las abejas se colaban por la ventana y zumbaban suspendidas sobre la mantequera.

El señor Rose se había montado en su coche y se había marchado, y mi madre se había puesto a preparar pasteles de fresa en uno de los hornos enormes de la cocina de verano. Se la oía cantar mientras trabajaba con el horno. La ventana del desván estaba abierta, y el aire olía a masa de pastel y a fruta. Me alegraba de que fuera sábado y no tuviese que irme corriendo al colegio. Le conté a mi hermano lo de las pintadas, y lo hábil que era el autor al haber diseñado una imagen que parecía una cosa vista del derecho, y otra completamente distinta boca abajo. James parecía interesado, pero no culpable.

Yo sabía cuándo me salía por la tangente, y ahora no lo estaba haciendo.

—No se me ocurre quién lo habrá hecho —le dije—. Lo raro es que no hay nadie que tenga un mayor interés en los búhos que tú.

—Yo no diría eso —respondió James—. Está el ornitólogo.

Así que a eso se dedicaba el doctor Shelton. No era de extrañar que siempre anduviese por el bosque.

—¿Lo conoces?

—Lo he visto grabando el canto de los pájaros. Le he seguido unas cuantas veces. Está estudiando los mochuelos cabezones.

No me imaginaba al doctor Shelton con un bote de pintura en espray, ni mucho menos, aunque estuviese del lado de los pájaros.

Tras el desayuno, James y yo jugamos al Scrabble, nuestro juego favorito. Yo tenía la «X», lo que hacía que mi turno fuera difícil. No había muchas palabras que me viniesen a la cabeza con la letra X. *Taxi, nexo, saxo.* Ninguna de ellas me daba muchísimos puntos.

—¿Has ido a la Paloma Lúgubre? —me preguntó mi hermano.

—No puedo ir allí los fines de semana a menos que tenga una buena excusa.

Se me podría haber ocurrido alguna, probablemente, pero me estaba replanteando mi amistad con Julia. En realidad, ella no me conocía, ¿cómo le iba a caer bien? Había llamado un par de veces, y en ambas ocasiones lo cogí yo y colgué enseguida.

Cuando mi madre me preguntó quién había llamado, le conté que se habían equivocado de número, que era alguien buscando una residencia canina para su perro. A lo mejor es que quería poner fin a aquella amistad antes de que lo hiciese Julia.

James parecía tener sus propias dudas.

—Lo más probable es que Agate piense que yo era una alucinación. Seguro que ya se ha olvidado de mí por completo.

Yo no lo creía. Había visto la expresión de su cara. No sabía si de verdad uno se podía enamorar a primera vista, pero, de ser posible, a ella le había pasado.

—No sé cuánto tiempo más voy a aguantar en este desván —masculló James—. Yo solo quiero las mismas oportunidades que tienen los demás. ¿Acaso es mucho pedir?

Estábamos de acuerdo en que no lo era. La verdad es que éramos personas muy normales, a pesar de las alas y de la maldición y de lo solitarios que éramos. Me pregunté si todos los monstruos serían tan comunes en su vida cotidiana, y si debería irme por las buenas a la tienda del pueblo y a todos esos lugares donde vendían camisetas con una imagen del Monstruo de Sidwell y explicarles que nosotros desayunábamos igual que ellos, y que mi hermano era la persona más amable del mundo y no tenía nada que ver con los robos ni con las pintadas. O, al menos, confiaba en eso.

—¿Me ayudas a elegir una palabra? —le dije a Flash, que estaba posado en el hombro de mi hermano. El mochuelo ascendió hasta la mesa. Saltaba a la vista que ya se le había curado lo que le sucediese en el ala. Tal vez James no estaba listo para dejarlo ir todavía.

Flash se acercó a picotear una «E», lo cual no resultaba de ayuda en absoluto. Era obvio que la «E» no formaba una palabra válida de ninguna forma, ni siquiera en el idioma de las aves. O tal vez sí. Me puse a pensar en palabras que comenzasen por E: *excelente* y *elefante,* incluso *eternamente.*

—Ya sabes que no me puedes ganar —se burló James.

—¿En serio? —le dije con una sonrisa—. Observa. —Formé la palabra *extra,* con la «X» en una casilla de doble tanto de palabra.

Mientras sumaba mi puntuación, le conté a James que había un editor nuevo en el *Heraldo de Sidwell* que quería escribir un artículo sobre el huerto, que era sobrino de la señorita Larch y que parecía conocer a nuestra madre, pero James había dejado de prestarme atención. Tenía los ojos clavados en lo que había allí fuera. Al acercarme a la ventana, vi el porqué.

Nadie venía jamás a nuestra casa, y ya íbamos por la segunda visita del día. Agate se encontraba de pie en el césped. Había estado evitando a las hermanas Hall, y casi se me había olvidado lo guapa que era. Parecía un hada, como si hubiese aparecido en nuestro mundo por arte de magia. Llevaba el pelo claro recogido hacia atrás, y una chaqueta de terciopelo negro sobre el vestido también negro. Iba descalza, y se diría que le faltaba el aliento, como si hubiera venido corriendo.

James la miraba, con sus cambiantes ojos en un verde claro e intenso.

Agate sostenía algo en alto. Al principio pensé que se trataba de un ejemplar del *Heraldo de Sidwell* que se podía haber dejado allí el señor Rose, pero no era el periódico. Estaba ondeando una hoja blanca de papel con un mensaje para mi hermano.

Medianoche en el Último Lago.

Mi hermano tenía una sonrisa en la cara.

Igual que cualquier otra persona cuyos deseos se hubieran hecho realidad.

A medianoche, no estaba dormida. Las casas viejas tienen sus ruidos absolutamente particulares: ratones en las paredes, las hojas que golpean contra el tejado, unos pasos en el suelo del desván. Había un grillo en mi habitación, y se dedicaba a su canto. Por lo general, el canto de un grillo era para mí como una nana, pero aquella noche me mantenía despierta. Era una noche estrellada, y resplandeciente. Había una filigrana de sombras en la pared, procedentes del exterior: ramas de los árboles, zarcillos y, a continuación, la sombra de James al pasar tras salir por la ventana. Pensé en la frecuencia con que se caían los pájaros de sus nidos, en cómo se rompían las ramas, en que las tormentas eran las peores en aquella época del año, cuando menos te las esperabas, cuando la noche parecía tan tranquila e impenetrable. No traté de detener a James. Se me vino arriba el ánimo al saber que era libre, al menos durante un rato. Aun así, me preocupó. Sabía que mi madre tendría la convicción de que, de entre todas las personas del mundo, la última con la que James debería encontrarse a medianoche era Agate Early Hall.

CAPÍTULO 4

EL VERANO QUE NO FUE
COMO NINGÚN OTRO

Las clases se acabaron a la semana siguiente. El último día, después de devolver los libros y vaciar las taquillas, iba caminando a casa yo sola, preguntándome por lo que haría en todo el verano. Las semanas se extendían ante mí como unas hojas de papel en blanco, con el futuro por escribir. Oí que alguien gritaba mi nombre. Me di la vuelta para mirar a mi espalda. Julia. Era imposible salir corriendo, así que allí me quedé, nerviosa, mientras ella se acercaba a la carrera.

—¿Dónde te habías metido? —A Julia le faltaba un poco el aliento.

—En ninguna parte —dije inexpresiva—. Aquí.

Es que no veía la forma de que pudiese funcionar una amistad, así que ¿qué sentido tenía? Había tomado la decisión de ceñirme a la vida que conocía, y eso significaba que estaba sola, pero así por lo menos no me dejaban tirada ni me traicionaban.

Seguí andando, y Julia hizo lo mismo. Era una tarde calurosa, y las abejas zumbaban en los campos.

—Dicho de otra manera, que no quieres que seamos amigas. —Julia tenía la voz entrecortada. Cuando la miré, me pareció ver el brillo de las lágrimas en sus ojos.

—Eres tú quien no quiere ser mi amiga —la corregí.

—¿Quién te ha dicho eso? Porque yo no lo he dicho nunca.

Íbamos caminando codo con codo, saltando a la hierba cada vez que oíamos un coche a nuestra espalda. Era complicado mantener una conversación mientras brincábamos por ahí o bien dábamos grandes zancadas sobre el calor del asfalto.

—No me lo ha dicho nadie. Solo sé que eso es lo que va a pasar. Al final encontrarás a otra gente que te caerá mejor que yo y que te dirá que no soy nadie, y entonces te darás cuenta de que todo fue un error, así que todo será más rápido y más fácil si no somos amigas ya desde el principio.

—Vale —asintió Julia—. Muy bien.

Sentía que me ardía la cara. Aquel había sido justo mi temor, que le resultara así de fácil pasar de mí. Y que me doliese tanto. Probablemente ahora yo también tenía lágrimas en los ojos.

Entonces Julia me desconcertó.

—Entonces seremos hermanas. Eso es más que ser amigas. Significa que yo nunca pensaré que ser amigas es un error, y que tú tampoco lo pensarás. Significa que tú no te imaginarás lo que estoy pensando, sino que hablarás conmigo y yo hablaré contigo, y no nos ocultaremos las cosas la una a la otra.

Sentí una oleada de alivio, pero le dije:

—Ni siquiera tenemos nada en común.

—Ah, ¿como que tú eres alta y yo soy baja? —sonrió Julia—. ¿Cosas importantes como esa? ¿Es eso a lo que te refieres?

Tuve que reírme. Dicho así, sonaba estúpido.

—En realidad, tenemos un montón de cosas en común —prosiguió Julia—. A las dos nos encantan los libros, los asientos en las ventanas, los pasteles, los perros, ¡y el último día de clase!

Hasta ahí era todo cierto. Íbamos caminando a la sombra de los árboles altos. Todo estaba verde y exuberante en Sidwell en esa época del año. El verano que se extendía ante mí comenzaba a tener una pinta fantástica. Tener una amiga hacía que pareciese como si el verano fuese a durar el doble y fuera por lo menos el triple de divertido.

—Y lo que es más importante —dijo Julia con aire solemne. Me quedé mirándola, y ella asintió con la cabeza—. He visto a James.

Julia sabía lo de mi hermano.

Nos adentramos en el bosque y encontramos un sitio tranquilo donde poder hablar. Al principio, apenas alcanzaba a contener la respiración. No sabía cómo sería aquello de compartir mi secreto. Ni siquiera sabía si lo podría compartir. La luz que se filtraba entre los árboles era de color amarillo. Había flores silvestres por todas partes, y los helechos se estaban abriendo. Habíamos llegado muy lejos, casi hasta la zona donde anidaban los búhos, un lugar que a mí siempre me parecía que no iba a poder encontrar sin la ayuda de mi hermano. De todas formas, tenía la impresión de que los búhos nos observaban desde lo alto. Estaba todo tan silencioso que nos pareció que debíamos hablar en susurros, y así lo hicimos. Una vez que Julia comenzó a hablar, resultó un alivio enorme tener a alguien que conociese la verdad.

Me contó que una noche oyó a Agate salir de la Paloma Lúgubre cuando todo el mundo estaba en la cama. La siguió fuera de la casa, a través de las hierbas altas, al interior del bosque. Enseguida la perdió de vista. En la oscuridad, se sintió perdida y aterrorizada. Había oído que muy cerca había un lago sin fondo, y de repente le dio pánico caerse al lago, ahogarse y que nadie volviera nunca a saber nada de ella.

Julia se abrió paso entre las zarzas, perdiéndose más y más conforme avanzaba. Por fin escuchó la voz de su hermana, allá abajo, junto a la orilla del lago. Agate estaba allí sentada con mi hermano. Julia se agazapó, oculta por una mata de arbustos espinosos. Si se caía a través de las zarzas, sin duda la oirían y sabrían que los estaba espiando. Me dijo que se quedó maravillada. Unos haces de luz de luna iluminaban la hierba, el lago parecía negro y estaba tan quieto que tenía más pinta de espejo que de agua. Agate y James estaban riendo y charlando. Todo parecía perfecto, hasta que James se dio la vuelta y Julia lo vio tal cual era, como si hubiese salido de las páginas de un cuento de hadas, una criatura mítica que podría llevarse a su hermana a los cielos para no regresar jamás.

Julia echó a correr hacia él.

—¡Deja en paz a mi hermana!

—Solo estamos aquí sentados —la tranquilizó James—. O lo estábamos.

Agate se interpuso entre los dos y rodeó a Julia con los brazos.

—Por favor, ponte de nuestro lado. —En sus ojos había unas lágrimas relucientes—. Ya tendremos a bastante gente en nuestra contra.

—Así que claro que lo estoy —me dijo Julia, allí sentadas las dos susurrando en el bosque—. De su lado, quiero decir.

Y claro que yo también lo estaba.

Dado que ahora éramos hermanas de manera oficial, juramos que guardaríamos su secreto. Julia y yo hicimos el pacto de hacer cuanto pudiésemos para ayudar a James y a Agate en aquel verano, y así fue como sellamos nuestra amistad. Con confianza.

Después de aquello, siempre que tenía tiempo libre y había terminado mis obligaciones, me escabullía del huerto. Estábamos en una ola de calor, y el aire crepitaba con unas temperaturas que no bajaban de los treinta y cinco grados. Solía quedar con Julia en la orilla del lago sin fondo con el que ella se había topado en la oscuridad de la noche en que vio a James por primera vez. El lago se encontraba entre nuestras parcelas. La gente lo llamaba el Último Lago porque era realmente el último lago de Sidwell. Todos los demás se habían secado años atrás, durante una ola de calor que duró el verano entero, cuando no cayó una sola gota de agua. Se decía que a los peces de todos aquellos lagos les salieron patas y que recorrieron las praderas para acabar en el Último Lago. Sin duda, allí había muchos peces. Nos quedábamos junto a la orilla para poder ver cómo sus sombras plateadas y azules asomaban bajo la superficie del agua. Casi había la misma cantidad de ranas en las zonas poco profundas, donde flotaban los nenúfares. Las flores de algunos nenúfares eran blancas, otras eran amarillas, y otras eran del rosa más pálido. Las libélulas volaban disparadas sobre el agua, y en sus alas iridiscentes se reflejaba el brillo de la luz del sol.

Yo no podía bañarme a causa de la escayola, pero sí que podía gritar «Polo» cada vez que Julia gritaba «Marco» mientras chapoteaba en el agua. Después nos tumbábamos en el embarcadero de madera que mi abuelo utilizaba para pescar. Allí leíamos nuestros libros y nos poníamos flores de nenúfar en el pelo, y hablábamos sobre el futuro, de cuando compartiríamos un apartamento en Nueva York.

Y entonces, en un día tan perfectamente perfecto, la volví a ver. En una roca junto al Último Lago.

La pintada azul.

Julia no había aparecido aún, así que me di la vuelta e hice el pino, y allí estaba otra vez. La cara de un búho.

Julia y yo quedábamos en el embarcadero, por la mañana, tan temprano que no había por allí ni un alma. Era el mejor momento del día. Hasta las ranas seguían dormidas. Algún que otro gorrión se agitaba en los arbustos, y las palomas zureaban no muy lejos cuando llegó Julia. Se fijó de inmediato en la pintada azul.

—¿Qué es eso?

Nos sentamos en el embarcadero y le conté todo: que el monstruo azul era un búho boca abajo, que un señor mayor muy listo me había dicho que podría no ser lo que parecía, lo enfadada que estaba la gente por que alguien les estuviera robando en sus casas y en sus tiendas y fuese dejando la marca de un monstruo por todo el pueblo.

—En Brooklyn hay pintadas, y tampoco es para tanto. Forman parte de Nueva York. Mucha gente cree que son arte.

—Pues en Sidwell no las hay —le dije—, y esta, definitivamente, parece un mensaje, aunque no tengo ni idea de lo que significa.

—Me imagino que alguien estará gastando una broma. Alguien que ha visto demasiadas películas de miedo y se cree todas esas bobadas sobre el Monstruo de Sidwell.

—Si los robos y las pintadas no cesan, saldrán a cazar al monstruo. Y si encuentran a James, se acabó, le echarán la culpa de todo.

—Podríamos protegerlo si damos con el verdadero culpable —sugirió Julia.

Era una idea perfecta. De inmediato hicimos una lista con los pasos que deberíamos seguir:

Uno: comprobar la sección de pinturas en espray en la ferretería.

Dos: hablar con el doctor Shelton.

Tres (y esto daba un poco de miedo, pero a lo mejor era como se hacían las cosas en Brooklyn, porque fue idea de Julia): ir al encuentro del culpable.

Mientras tanto, ayudaríamos a Agate y a James y haríamos de mensajeras. Habían empezado a escribirse, como los malhadados amantes de un libro antiguo. A veces, Julia me daba una carta de su hermana para que se la entregase a James. Agate utilizaba un papel de cartas anticuado, de una clase que a mí ni siquiera se me había ocurrido que hiciesen todavía, un pergamino de color beis. Había una abeja dorada impresa en la parte de atrás del sobre. Otras veces tenía notas de James para llevárselas a Agate a casa. Utilizaba el papel pautado y los finos sobres azules que yo me encontraba en el escritorio de mi madre. Resultó que mi madre tenía mucho material de papelería y sellos, como si mantuviese correspondencia con alguien desde hacía un montón de tiempo, aunque no la había visto escribir a nadie ni tampoco recibía cartas personales de ninguna clase. Todo era publicidad y facturas, y ahora llegaba todos los días el *Heraldo de Sidwell*.

Cuando llevaba los mensajes de mi hermano para Agate, casi podía leer a través de los sobres sellados lo que le había escrito, pero no del todo.

Julia y yo nos sonreíamos cuando intercambiábamos aquellas cartas de amor, pero también nos poníamos a tiritar, y no por haber metido los dedos de los pies en el lago helado. A las dos nos daba la sensación de que algo podía acabar saliendo terriblemente mal. ¿No fue eso lo que le sucedió a Agnes Early y al bisabuelo de mi bisabuelo, Lowell? ¿El primer amor que había sido maldito?

Nos preparamos para averiguar algo más sobre Agnes y Lowell y para atrapar al artista grafitero, pero era verano y teníamos muchísimas otras cosas que hacer, de esas que solo puedes hacer cuando se ha acabado el colegio y tienes todo el tiempo del mundo por delante. Fuimos a todas partes en bicicleta y pasamos por todas las heladerías de Sidwell —había cuatro— para decidirnos sobre nuestros sabores preferidos. El de Julia era el de caramelo de menta, y el mío, faltaría más, era el de manzana con canela. En las tardes lluviosas, nos quedábamos tiradas en el asiento de la ventana del cuarto de Julia, leyendo. Yo tenía a medias *El libro rojo de los cuentos de hadas,* de Andrew Lang, y Julia había elegido *El libro lila* del mismo autor. Encontramos un viejo libro de cocina del año 1900 en la despensa, y algunos días tomábamos al asalto la cocina de la Cabaña de la Paloma Lúgubre y preparábamos unos postres que probablemente hacía más de un siglo que nadie cocinaba en Sidwell: magdalenas de galletas integrales, bizcocho de plátano, merengue de naranja. Cogimos flores silvestres y las prensamos entre unas hojas de papel encerado, y al hacerlo nos acordamos de la poetisa Emily Dickinson. Nos pintamos las uñas de los colores que elegíamos por sus nombres: Luz del Alba (perla plateado), Sábado Noche (rojo vivo), Pícnic (verde menta), Verano (un delicado azul del color del cielo en el mes de julio y que era mi favorito, aunque todo lo azul me recordase a las pintadas).

Un día cuando íbamos de paseo por el pueblo nos encontramos de pronto justo delante de la ferretería de Hoverman.

Julia y yo nos miramos la una a la otra y dijimos «Pintura en espray» al mismo tiempo. Estábamos preparadas para dar el primer paso de nuestra lista.

Al entrar sonó una campanilla sobre la puerta. Era un sonido que me solía parecer muy bonito, como si un hada te revolotease sobre la cabeza, pero en aquel momento casi di un bote que me arranca los zapatos. A Julia también se la veía un poco nerviosa. Cuando te dispones a buscar las respuestas a tus preguntas, tienes que estar preparada para que te sorprenda lo que descubras.

Fuimos hasta la sección de pintura y echamos un vistazo. Me encantaron los nombres de los colores, y algunos eran tan buenos como los de nuestras lacas de uñas. Julia y yo discutimos sobre cuáles eran los mejores: estaba el tono Helado (me lo imaginé de vainilla, y Julia dijo que fácilmente podría ser de fresa) y también el Bananarama (amarillo claro, por supuesto: las dos coincidimos en eso), el Ten Corazón (¿rojo de amor?, ¿verde de celos? Nos pusimos de acuerdo con el rosa del amor verdadero) y el Mariposa (yo voté por naranja, como una mariposa monarca; Julia sugirió el verde claro, como las alas de una polilla de la col). Me paseé un rato y me quedé atrapada en los azules: Aquamanía, Paisaje Marino, Azul de Luna, Azul Garza, Azul Jacinto.

Julia vino a sacarme de allí.

—Los espráis de pintura no están aquí. Los he buscado por todas partes. Es como si hubieran desaparecido.

Por fin los localicé y señalé hacia arriba. Las pinturas en aerosol estaban apiladas en un estante alto y encerradas tras una tela metálica. El anciano señor Hoverman se acercó cargando con unas palas. Hasta la propia señorita Larch lo habría descrito como un vejestorio.

—Bajo llave —dijo de las pinturas que estábamos mirando.

—¿Por qué? —le pregunté.

—Las pintadas que hay por el pueblo. El alcalde me ha pedido que anote el nombre de todo el que compre un bote. Tienen que firmarme en el libro; entonces cojo la llave y les dejo coger lo que quieran.

—¿Recuerda quién compró pintura en espray antes de que la pusiera bajo llave? —preguntó Julia.

—Niñas, sois peores que el sheriff con todas vuestras preguntas. Ya casi no tengo memoria, pero os voy a decir lo mismo que le he dicho a él: a Mark Donlan, que estaba pintando los muebles del patio. A Helen Carter, que tenía una bicicleta vieja que quería pintar. A una niña que me dijo que iba a pintar estrellas plateadas.

Julia y yo nos sonreímos. Esa había sido ella, para el techo de su cuarto.

—Y a un chaval al que no había visto nunca. De vuestra edad, más o menos —dijo el señor Hoverman.

Julia y yo cruzamos una mirada.

—¿Recuerda qué aspecto tenía? —le pregunté—. ¿O algún detalle sobre él?

—Si apenas recuerdo qué aspecto tengo yo —bromeó el señor Hoverman. Al menos, pensé que era una broma. Estaba cerca de llegar a los cien años, y había visto y conocido a mucha gente en su vida—. Fuera quien fuese, os aseguro que no se va a llevar más pintura sin firmarme en el libro.

No resultaba de mucha ayuda saber que el culpable era un chico de nuestra edad. No podíamos ir por ahí interrogando a todo aquel que encajase en aquella descripción. Qué cosa tan curiosa eran las pistas. Algunas eran útiles, otras no lo eran, y otras aparecían cuando menos te lo esperabas.

Por fin encontramos una pista en el sótano de la Paloma Lúgubre en una tarde de llovizna, mientras explorábamos la cabaña en busca de más libros de cocina. Empujamos una pesada puerta de un almacén hasta abrirla, y allí estaba, como si hubiera tenido la cortesía de esperar todo este tiempo a que nosotras diésemos con ella. A la luz de la linterna, localizamos algo blanco en el suelo, cerca de una carbonera que no se había utilizado en décadas. Era un trozo de papel traslúcido, arrugado. Tenía los bordes amarillentos, y nos daba miedo que se fuera a hacer añicos si lo sujetábamos demasiado tiempo.

Qué lugares tan extraños son los sótanos, donde la gente amontona piezas y fragmentos de su pasado, pero lo último que nosotras esperábamos encontrarnos era un mensaje. Estaba claro que nadie había bajado por allí en años, a menos que contasen las arañas. Había docenas de ellas.

Sostuvimos en alto la linterna y empezamos a leer.

Lo que de un modo comienza, del mismo modo ha de acabar.

Bajo esta frase estaban garabateadas las letras «AE».

—Esto lo debió de escribir Agnes —dijo Julia.
Tenía que formar parte del encantamiento.

—Quizá se pensó mejor lo de la maldición —le dije— y quiso asegurarse de que había una manera de ponerle fin. Estudiamos la frase que había escrito, y por fin se me ocurrió. Para deshacer un hechizo, debías recrearlo; entonces se desenrollaría como un carrete de hilo.

—Tenemos que averiguar qué fue exactamente lo que hizo.

Nos dimos la mano y sellamos el acuerdo. Pondríamos fin a la maldición del mismo modo en que había comenzado.

Decidimos contarle a Agate nuestros planes y revelarle todo lo que sabíamos sobre la historia de nuestras familias. Tenía un trabajo de monitora en el campamento de verano en el ayuntamiento, y la habían nombrado responsable del vestuario de la obra. Fuimos a esperarla al finalizar el día. La campana de la torre del edificio tocaba todas las tardes, a las seis. Sonaba tan fuerte que se oía por todo el pueblo, incluso en lo alto de la montaña, si escuchabas con atención. Cuando caminaba por el huerto y oía el tañido en la distancia, el sonido hacía que me alegrase de vivir en Sidwell, un lugar donde a la gente le importaban cosas tan anticuadas como las bibliotecas y los campanarios, y donde había alguien como la señorita Larch, que se aseguraba de que nuestra historia no cayese en el olvido.

ALICE HOFFMAN

—Qué casualidad encontraros a las dos aquí —dijo Agate con tono alegre cuando nos vio. Tenía trozos de hilo y de cinta pegados en la ropa.

—Este es un pueblo pequeño —le dije.

—Y tú eres la mejor hermana que hay en él —añadió Julia al tiempo que le quitaba a Agate de la manga un alfiler suelto.

—Esto está empezando a parecerme sospechoso —se rio Agate—. O bien queréis algo de mí, o bien tenéis malas noticias.

En realidad, era una pizca de cada.

Recorrimos el pueblo cogidas del brazo.

—¿Qué piensas de la obra? —le preguntó Julia a su hermana.

—¿No te parece horrible cómo tratan a la bruja? —le solté yo.

—Solo es una función. —Agate se encogió de hombros. Estaba claro que había prestado más atención al vestuario que a la trama.

—Sí, pero esta es especial —informó Julia a su hermana—. Es nuestra bruja.

Sentamos a Agate en un banco del parque enfrente de la oficina de turismo y le contamos todo lo que sabíamos: que Agnes Early se había enamorado y que la habían traicionado. La consecuencia fue la maldición que afectaba a mi hermano.

—Yo no creo en maldiciones —dijo Agate—. Es lo mismo que creer en monstruos.

—¿O en chicos con alas? —le dije.

Se produjo entonces un silencio. Había dejado claro lo que quería decir. Lo que sucedía en Sidwell no pasaba en otros lugares. Julia me había contado que Agate le había suplicado a mi hermano que la llevase volando, pero él se había negado. Deseaba ser una persona normal y corriente, el chico que atravesaba el huerto caminando para ir a su encuentro. Sin embargo, en Sidwell las cosas funcionaban de otra manera, y la vida no era siempre como uno querría que fuese.

—No sabemos lo que le pasó a Agnes ni a Lowell, pero pensamos averiguarlo. Todo lo que sabemos es que la maldición sigue aquí, con nosotros —proseguí una vez que la verdad había quedado asumida—. Por eso estaba mi madre tan contrariada cuando vuestra familia se mudó al lado. Tenía miedo de que volviera a suceder.

—Y si sucede, será todo por mi culpa —dijo Agate apesadumbrada.

Salió corriendo a toda velocidad por la zona ajardinada. Echamos a correr detrás de ella. Afortunadamente, yo era lo bastante rápida como para alcanzarla antes de que se pudiera escapar.

—Desde luego que no sería culpa tuya —le dije.

Julia había llegado hasta nosotras y hacía lo que podía para recobrar el aliento.

—En primer lugar, todo eso sucedió hace doscientos años —dijo ella.

—En segundo lugar, nosotras vamos a arreglarlo —le dije a Agate.

—Lo que de un modo comienza del mismo modo ha de acabar —dijimos Julia y yo al unísono.

Agate nos abrazó a las dos.

—Haré que el traje de la bruja sea el mejor. Al fin y al cabo, es nuestra bruja.

Después de aquello, Agate se quedaba trabajando en el campamento hasta tarde, poniendo especial empeño en el traje de la bruja. Cuando volvía a casa, solía quedarse dormida, acurrucada en el sofá.

—¿Cómo puede ser tan guapa y, aun así, tan bondadosa? —le pregunté. Los dieciséis era algo bien distinto de los doce.

—Simplemente lo es —dijo Julia con orgullo—. Siempre lo ha sido, y siempre lo será.

No era de extrañar que tuviera hechizado a mi hermano. Se decía que aquella Agnes Early había hechizado al bisabuelo de mi bisabuelo con su amabilidad y su belleza. Ahora parecía que estaba volviendo a suceder lo mismo. James se marchaba de casa más temprano cada anochecer, a veces antes del crepúsculo. Salía caminando sin más por la puerta principal y atravesaba el huerto, como un chico normal y corriente, y se encontraba con Agate junto a un viejo muro de piedra donde se cogían de la mano como cualquier otra joven pareja. James evitaba el desván, pasaba fuera la mayor parte del tiempo. Yo intentaba alimentar a su mochuelo, Flash, con trocitos de hamburguesa y pan duro, pero no co-

PÁJARO DE MEDIANOCHE

mía si James no estaba allí. Se quedaba esperando junto a la
ventana, observando el exterior.

Una mañana, cuando salí a recoger nuestro ejemplar del *Heraldo de Sidwell,* advertí que alguien había escrito algo con letra
muy pequeña en nuestra puerta de atrás. Sentí un mareo, así
que me senté. Tenía el mensaje a la altura de los ojos. Allí estaba
la palabra *Socorro* junto a unos colmillos pequeños. Salí corriendo hacia el garaje, agarré un bote viejo de pintura verde y enseguida pinté encima. Al hacerlo, tuve que preguntarme: ¿de verdad alguien me estaba pidiendo ayuda, o solo querían lanzar las
sospechas sobre mi hermano?

No podía dejar de pensar en aquel mensaje. Cada vez que
pasaba por la puerta veía la sombra de aquella palabra debajo
de la pintura verde, y pensé en quiénes podrían necesitar que
yo estuviera de su lado.

La gente del pueblo parecía más molesta con los avistamientos
del Monstruo de Sidwell que con la posibilidad de que talasen el
bosque. El grupo de los Cotillas empezó a reunirse por las tardes
en el ayuntamiento. Poco después comenzó a asistir la gente ajena
al grupo. Incluso vi a la señora Farrell, mi profesora de Lengua,
que salía de una de las reuniones con varias de sus amigas.

—Hola, Twig —me saludó con la mano.

—¿Está yendo a esas reuniones sobre el monstruo? —le
pregunté.

Cuando comentamos *Cumbres borrascosas,* la señora Farrell me dijo que ningún hombre era un monstruo, ni siquiera Heathcliff, el protagonista, y que las fechorías de la mayor parte de las personas tenían sus raíces en el trato que estas habían recibido en su vida.

—Bueno, yo no soy de los que creen en tales cosas, pero algo le dio un susto de muerte a Emily Brontë —dijo de su querida gata—. Y ahora no quiere salir al jardín. —Cuando me vio la preocupación en la cara, añadió—: Todos queremos que Sidwell sea un lugar seguro, solo eso.

El *Heraldo de Sidwell* tenía mucha mejor pinta desde que el señor Rose había tomado el mando. Ahora traía un crucigrama y los horóscopos, y una sección de críticas de libros, escritas en su mayoría por la señorita Larch, una verdadera amante de los libros. Sin embargo, se me cayó el alma a los pies cuando leí el informe de la policía de aquella noche. Por lo general, el informe se rellenaba con la mención de algún perro desaparecido, coches averiados y las llaves o la cartera que alguien había perdido. Pero esta vez había algo que me detuvo en seco. Unos turistas de Boston se habían metido con el coche en una zanja después de adentrarse en nuestro término municipal, y aún se encontraban en estado de *shock* cuando llegó la policía. Después de que les dieran unas botellas de agua fría y un rato para recuperarse, los turistas dijeron haber visto a una criatura alada volando sobre ellos, y del puro terror se salieron de la carretera. Estaban tan disgustados que rechazaron el obsequio de unas camisetas del Monstruo de Sidwell y una comida gratis en la cafetería Starline.

Cada día había más noticias. Un camionero vio lo que según él era un dinosaurio, o tal vez un halcón. Sally Ann dijo que algún tipo de criatura había estado sentada en el tejado de la cafetería y que había dejado allí trozos arrugados de un papel azul. Unos niños que estaban en el Último Lago miraron al cielo después de salir del agua, chillaron, tiraron las toallas y fueron corriendo a sus casas a informar a sus padres de que los había aterrorizado un halcón enorme, tan grande como un hombre. Cuando el sheriff Jackson fue a explorar, encontró en la orilla dos plumas relucientes de un color negro azulado. El cuerpo de policía entero —tres agentes y una secretaria, la señora Hardy— inspeccionó aquellas plumas antes de exhibirlas en la sala de historia de Sidwell al cuidado de la señorita Larch.

Fui a verlas con mis propios ojos. Era la hora del almuerzo, y la señorita Larch estaba tomándose una selección de sándwiches de pepinillos y de lechuga con su amigo el ornitólogo. Para mí era la oportunidad perfecta de completar el segundo paso de nuestro plan: interrogar al doctor Shelton.

La señorita Larch nos sirvió un té de dragón blanco, del que decía que proporcionaba coraje y un corazón abierto a quien lo tomaba. Cuando se marchó a coger el azucarero y unas servilletas, me senté al lado del doctor Shelton. Aún olía a musgo, como si acabase de llegar de recorrerse el bosque. Al parecer prefería los sándwiches de pepinillos a los de lechuga. Probé uno y me quedé sorprendida con lo delicioso que estaba.

Se me ocurrió que podría prepararme todo tipo de sándwiches vegetales en aquel verano: tomate con mantequilla, espárragos con queso cremoso, judías verdes con mantequilla de cacahuete.

—¿Qué piensa usted de todo lo que se está hablando sobre un monstruo? —le pregunté, solo para hacerme una idea de la manera de pensar del doctor Shelton.

—Bobadas —dijo.

—¿Y sobre las pintadas?

—«No nos arrebatéis nuestro hogar» además de la cara de un búho. Si juntamos ambas cosas, ¿qué tenemos?

De repente comprendí lo que significaba.

—¡La zona donde anidan los búhos! Ese es su hogar.

—Eso es lo que yo deduciría si me dedicase a deducir cosas.

El doctor Shelton parecía tan orgulloso de mí que me sentí como si fuera una alumna de sobresaliente.

—¿Acaso alguien quiere arrebatarle su hogar a los búhos?

—A veces, la parte más importante de una investigación es plantear la pregunta correcta. Creo que tú serías una investigadora excelente. Probablemente muchísimo mejor que la mayoría de los científicos de la universidad que van a examinar la nueva pieza en exhibición. —El doctor Shelton señaló la vitrina con un gesto de la barbilla.

—¿Científicos? —no me gustaba cómo sonaba aquello.

—Los que van a examinar el ADN de las plumas.

Pensé en aquello mientras nos bebíamos el té y tomé una decisión. Quizá fuese el efecto del té de dragón blanco. Sí que me sentía como si tuviese más coraje.

Le di las gracias a la señorita Larch por el almuerzo y me dirigí hacia la puerta. Me detuve ante la vitrina donde estaban expuestas las plumas, sobre una tela azul con pliegues. Volví la cabeza para mirar por encima del hombro y vi a la señorita Larch colocando las tazas y los platos, así que abrí la vitrina, lentamente, asegurándome de que no chirriaba. Me metí las plumas por dentro de la escayola.

Alcé la mirada un minuto y pensé que el doctor Shelton me estaba observando, pero no podía asegurarlo. Salí andando con naturalidad, como si no tuviera nada que esconder, aunque el corazón me latía con fuerza. Luego eché a correr hacia casa tan rápido como pude.

Apenas pude dormir esa noche. Nunca había robado nada hasta entonces, aunque, en realidad, tampoco se trataba de un robo cuando te llevabas algo que pertenecía a tu propia familia. De todas formas, me sentía como si hubiese cometido el delito de robo de unas plumas. Y me sentí especialmente mal cuando me detuve a considerar qué pensaría la señorita Larch cuando viera que ya no estaban. Por fin me quedé dormida, pero, cuando me desperté en plena noche, creí que la luna era la luz de un coche de policía.

Al día siguiente cogí el periódico en busca de un artículo sobre el robo en la sala de historia del ayuntamiento, imaginándome que estaría en la primera plana, porque no es que aquí haya muchas noticias. Sin embargo, las plumas desaparecidas tan solo se mencionaban de pasada en la penúltima página, justo debajo de un artículo sobre un gato que se había perdido y se llamaba Nervios. Me agradó ver que el señor Rose había escrito un editorial sobre la importancia del bosque de Montgomery para el pueblo de Sidwell.

Fui a casa de Julia a contarle lo del doctor Shelton y que había caído en la cuenta de que las pintadas tenían algo que ver con los nidos de los búhos.

—Si se trata de alguien que está defendiendo a los búhos —dijo Julia, pensativa—, entonces no puede ser tan malo.

No dije nada, pero me pasé todo el día, mientras terminábamos las estrellas del techo, preguntándome si James estaba detrás del mensaje de las pintadas. Él me había enseñado la zona donde anidaban los búhos, y yo misma había visto cómo venían las crías de los mochuelos a posarse en sus hombros.

Acabábamos de terminar la última estrella del techo del dormitorio cuando la señora Hall subió las escaleras con una hoja de papel enrollada. Parecía muy vieja y llena de polvo.

—Chicas, mirad esto —dijo emocionada—. Aquí están los planos originales del jardín.

La señora Hall había encontrado aquel documento antiguo en el último estante de la biblioteca, oculto debajo de unos mapas de Sidwell. Nos contó que tenía pinta de ser un herbario de la época colonial situado en el lugar donde ahora crecía una maraña de matojos. El plano incluía cuatro senderos de gravilla que confluían en el centro con un círculo de piedras que rodeaba un jardín de flores silvestres. Impresa con una letra con florituras se leía la frase: *Sitúa el jardín cerca de la vivienda, por su belleza y su ornamento, y sobre todo por su fundamento.* Había una lista de las hierbas que se habían utilizado: tanaceto, perejil, salvia, arrayán brabántico, tomillo, lavanda, romero, menta, milenrama, ajenjo y matricaria. El doctor Hall llegó del hospital. Después de mirar por encima el plano del herbario, nos explicó que muchas de las plantas se utilizaban por su valor medicinal.

—Algunas se siguen utilizando hoy en día. Si te duele el estómago, toma perejil. Si estás nerviosa, apoya la cabeza en una almohada de lavanda.

Eso explicaba por qué me relajaba tanto después de tomar la mantequilla de miel con lavanda que preparaba mi madre. Hasta las rosas tenían su utilidad, nos contó el doctor, ya que se podía hacer una infusión relajante con sus pétalos y sus frutos. Me daba la sensación de que recrear el herbario de Agnes Early formaba parte del hechizo.

Lo que de un modo comienza del mismo modo ha de acabar.

Era el comienzo de enderezar las cosas. Era lo que se suponía que teníamos que hacer.

Nos dieron permiso a Julia y a mí para ponernos de inmediato manos a la obra. El doctor Hall nos llevó en coche al vivero del camino de Milldam, y las dos empleamos nuestros ahorros en comprar tantas plantas como pudimos. El dueño del vivero, el señor Hopper, añadió unas cuantas plantas mustias de regalo cuando se enteró de lo que pretendíamos.

—Eso sí, que sepáis que lo que vais a hacer es el herbario de una bruja —nos dijo mientras nos ayudaba a cargar el coche.

—Está bien —dijo Julia—. Nos gustan las brujas.

—Creemos que han sufrido una persecución injusta —añadí.

Vi al señor Rose en la caja del vivero. Estaba pagando un rosal con unas flores enormes, de color rosa con el centro en un amarillo crema. Eran muy aromáticas, olían a limón y a rosa. El señor Rose me saludó con la mano, y yo le respondí. No pretendía que me cayese bien, pero por alguna razón así era.

—He leído su editorial —le dije a voces mientras nosotras nos dirigíamos al aparcamiento.

—¿Te parece bien o mal? —me dijo también a voces.

—Ah, me parece bien. Con absoluta certeza.

Exactamente igual que me parecían bien las rosas que había elegido.

Julia y yo trabajábamos en el herbario a cada oportunidad que se nos presentaba. Era difícil para mí utilizar solo un brazo, pero lo hacía lo mejor que podía, y al final se me dio muy bien lo de cavar y plantar con una sola mano. Si mi madre se preguntaba en alguna ocasión dónde me metía, jamás lo mencionó. En los veranos anteriores a la llegada de los Hall me pasaba la mayor parte del tiempo en el huerto, y suponía que allí era donde ella se imaginaba que estaba. A mi madre le encantaban los jardines, así que pensé que no se enfadaría si se enteraba de que estaba ayudando a montar uno.

El doctor Hall nos ayudó a levantar la tierra con una pala e hizo los senderos de gravilla que dividían el herbario en cuatro secciones iguales siguiendo el plano de Agnes Early. Decía que ponerse a limpiar el terreno le había despejado a él la cabeza de la medicina. Era un trabajo esforzado y sucio, pero no nos importó a ninguno. Una vez que comenzamos a plantar, los pájaros pusieron un interés especial en lo que estábamos haciendo, y se congregaban con frecuencia para mirar, o para picotear los gusanos de la tierra levantada. Poco a poco, el herbario fue volviendo a la vida. Tenía la sensación de que Agnes Early se alegraría de verlo así, de que tal vez su corazón herido hubiera comenzado a sanar.

Una tarde, cuando fui a la tienda a comprar harina y azúcar para mi madre, oí a los Cotillas comentar los sucesos recientes acaecidos en el pueblo. Uno de ellos decía que si alguna vez veía al Monstruo de Sidwell, dispararía y no fallaría. Antes de poder pensármelo dos veces, estallé:

—¡Solo pensáis en matar!

—Espera un momento, Twig —me dijo el señor Stern mientras me daba la vuelta—. ¡No todo el mundo piensa eso!

Pero ya era demasiado tarde. Había echado a correr hacia la puerta. Salí dando un portazo a pesar de lo amable que siempre había sido el señor Stern cuando le traía la sidra y los pasteles para que los vendiese.

Hice corriendo todo el camino hasta casa. Ahora que había oído aquella conversación en la tienda del pueblo, comprendía por qué James se negaba siempre que Agate le suplicaba que la llevase volando. Era demasiado peligroso, y había empezado a replantearse lo de pasar tiempo juntos. Quizá estuviese en lo cierto al creer que su sino era estar solo tanto en el aire como en tierra.

Casi no era capaz de aguantarme las ganas que tenía de corregir lo que fuera que hubiese salido mal tanto tiempo atrás. Trabajábamos en el herbario todos los días. Cuantas más plantas incluíamos, más pájaros se congregaban para cantarnos. Cuando Agate vino a ayudarnos a quitar las malas hierbas, descubrimos que era capaz de llamar a las palomas lúgubres para que acudiesen a ella.

—Me ha enseñado James —dijo, y se le puso cara de preocupación—. ¿Tienes alguna carta para mí? —me preguntó acto seguido. Lamentaba tener que decirle que no—. Ya me lo imaginaba. No va a venir a verme más —me contó—. No sé por qué.

—Cree que te está poniendo en peligro cuando va a verte.

—¿No debería corresponderme a mí esa decisión? —dijo Agate.

No supe qué responder a eso. Lo único que sabía era que la maldición había hecho daño a demasiada gente.

Una vez que terminamos de plantar todas las hierbas, nos quedamos allí cogidas de la mano. Estábamos más cerca de completar nuestra misión. Las palomas volaban a nuestro alrededor y emitían su canto suave. Era casi como si Agnes Early estuviese con nosotras, dándonos permiso para continuar. El aire crepitaba cargado de calor y de magia.

Algo había comenzado.

Para crear el jardín silvestre del centro del círculo, fuimos al bosque y encontramos helechos y zapatillas de dama, ásteres silvestres y unas florecillas azules con forma de estrellas. A veces me adentraba en el bosque después de la puesta de sol y buscaba flores que se abren de noche. Un anochecer, al caminar de regreso a casa en la oscuridad, me pareció que algo hacía ruido en los arbustos. Un mapache, probablemente, o algunas ardillas. De todas formas, sentí que se me ponía la carne de gallina en los brazos por mucho que llevara toda la vida cruzando aquel bosque. Fue entonces cuando vi un destello plateado. Un bote de pintura en espray. Había alguien allí, en el bosque. Vi la silueta de un chico agazapado detrás de un árbol. Parecía de mi edad, e iba vestido de negro. De repente oí una sirena. Un coche de luces potentes y con los destellos de una sirena roja se me acercó por detrás, por el camino. Era el sheriff Jackson.

—Twig —me llamó el sheriff—. ¿Qué haces paseándote por ahí a oscuras?

Parpadeé. Había pillado al grafitero con las manos en la masa, pero no quería delatarlo hasta que comprendiese por qué se estaba haciendo pasar por el Monstruo de Sidwell.

—Voy a casa, a cenar —tartamudeé.

—¿Por el bosque? No querrás darte de bruces con el monstruo, ¿no? Esto está cerca del sitio donde encontraron esas plumas. Han desaparecido del ayuntamiento. Hay alguien por aquí que no es digno de confianza —dijo el sheriff.

—Iré con precaución —le dije, con el pulso acelerado.

—Vale —me dijo—. Vete directa a casa.

El coche arrancó, pero yo me quedé inmóvil.

—No te delataré —le dije a la oscuridad—. Solo quiero saber quién eres.

No hubo respuesta.

—Quiero ayudarte —le dije al bosque a mi alrededor.

Cuando llegué a casa, mi madre me estaba esperando en el porche. Le hablé de las pintadas y le conté que todo el mundo creía que el monstruo estaba detrás de ellas y que el sheriff Jackson había estado recorriendo el bosque en coche en busca del culpable, fuera quien fuese.

Mi madre me pasó el brazo por los hombros.

—Ahora que están buscando a alguien, podrían encontrar a James. Y no sé lo que pasará si lo encuentran.

Mi madre no solía confesar sus preocupaciones. Siempre quería parecer fuerte, pero ahora la cara le había palidecido, y pensé que había estado llorando.

—Tiene que haber una cura para todas las maldiciones —le dije con seguridad. En algún sitio lo había leído, tal vez en una cancioncilla infantil.

—Ay, Twig —dijo mi madre—. El momento de curarla ya pasó.

—Pero a lo mejor hay otra cura, una que no conozca nadie. —Aún no estaba lista para hablarle de los planes que había hecho con Julia para deshacer el hechizo de Agnes Early. Y no lo estaría hasta que tuviese la certeza de que iba a funcionar.

—Ojalá la hubiese.

Mi madre parecía más dispuesta a hablar que de costumbre. Veíamos las luciérnagas desde el porche. Era como si pudiese suceder cualquier cosa con tan solo creer que era posible.

—¿Qué más desearías?

Ella solía cerrarse en banda cada vez que le hacía una pregunta demasiado personal. Quizá la entristeciese demasiado. Quizá deseara que las cosas hubieran acabado siendo distintas y que hubiésemos podido tener una vida más parecida a la que tenían los demás.

—Ojalá pudiera retroceder en el tiempo —dijo mi madre.

Imaginé que querría romper la maldición.

—¿Doscientos años atrás?

Se echó a reír.

—No, no tanto. No me veo viviendo en una época en que había brujas y maldiciones. Solo me gustaría retroceder a cuando vivíamos en Nueva York.

Aquella era la época en que hicimos todo lo posible por ser gente normal, una época en que el futuro daba la sensación de que podría ser feliz. La época en que estaba mi padre.

—Vamos a contar luciérnagas —dijo mi madre.

Se trataba de un antiguo juego entre nosotras, y llegamos a las doscientas antes de cansarnos. Era tanta la luz que había en el mundo que sabíamos que jamás seríamos capaces de contarla toda.

Al día siguiente eché una mano con la repostería en la cocina de verano. Me sentía más cerca de mi madre ahora que habíamos hablado. Las dos queríamos lo mismo: que James estuviera a salvo. Mi madre se tomó un tiempo para enseñarme a hacer la masa de los pasteles y empanadas, que es más complicado de lo que te imaginas. El mejor tipo se hace con agua helada y una harina muy pura. Después de contó el secreto del pastel de manzana rosa. Me susurró que el ingrediente que la hacía tan dulce era una mermelada hecha con nuestras propias fresas y frambuesas, pero me obligó a prometerle que jamás se lo contaría a nadie más que a mi propia hija algún día.

Salí de la cocina de verano mientras mi madre esperaba a que se terminaran de hornear los últimos pasteles. Era una tarde de julio tan perfecta que no me podía imaginar viviendo en ningún otro sitio que no fuese Sidwell. Me encantaba el huerto, que estaba repleto de sombras verdes, y la luz dorada que se filtraba en el bosque. No recordaba mucho de Nueva York, aunque mi hermano me había descrito a menudo las grandes avenidas, los edificios plateados y nuestro minúsculo apartamento que daba al río.

Estaba pensando en Nueva York, en que me gustaría visitar la ciudad algún día, tan solo para vivir la experiencia, e ir a un teatro y ver una obra de verdad, y no una sobre la Bruja de Sidwell, cuando me fijé en algo junto al porche. Estaba envuelto en tela de saco. No podía distinguir lo que era, pero sí percibía su olor desde la distancia: la fragancia de limón de las rosas especiales del vivero. El señor Rose había estado en nuestra casa. No dije nada sobre el obsequio que había dejado para mi madre, pero eso hizo que me cayese todavía mejor. Otras mujeres habrían preferido una caja llena de rosas de tallo largo, pero a mi madre le gustaban más las cosas a la antigua usanza, los brotes del tamaño de una taza de té que pudiese cultivar durante los años que tenía por delante. Cualquiera diría que el señor Rose conocía ese detalle sobre ella.

Por la mañana me quedé sorprendida al encontrarme con el rosal junto al cubo de la basura. Tal vez el señor Rose debería haber llamado a la puerta y haberle entregado el obsequio directamente a mi madre, pero yo comprendía bien lo que suponía ser tímido. Decidí llevarme el rosal a casa de Julia, aunque me costó lo mío cargar con él. Cuando lo plantamos en el jardín de la bruja, el aroma de las flores era como de limones, tartaletas de cereza y pastel de manzana rosa todo mezclado en una deliciosa bocanada.

—Son perfectas —dijo Julia. Y lo eran.

El verano avanzaba con demasiada rapidez. Ya estábamos a finales de julio, las fechas en que me tenían que quitar la escayola en el hospital. Estaba nerviosa, aunque no me dolió. El brazo de la escayola se me había quedado mucho más pálido y algo entumecido, pero cada día lo sentía un poco más fuerte.

Era tan maravilloso volver a disponer de ambos brazos que me puse a bailar en la hierba y me subí a un árbol, con más cuidado esta vez; después, Julia y yo lo celebramos dándonos un baño en el Último Lago. Nadar jamás había sido tan maravilloso, ni tan frío y refrescante. Hasta entonces había sido un verano excepcionalmente bueno. Tenía una gran amiga, habíamos terminado de plantar el herbario, había aprendido a hacer masa de pasteles y conocía el secreto de los pasteles de manzana rosa. Pero, aun así, no podía dormir por las noches, no hasta que oía a James regresar a casa. En ocasiones se quedaba sentado fuera, en el tejado. Me preguntaba si alguien se habría sentido alguna vez tan solo como él. Flash, el mochuelo, se había curado y había vuelto a aprender a volar. Ahora se marchaba con mi hermano en sus recorridos por el bosque. El mochuelo podía haberse quedado allí, pero siempre regresaba con mi hermano, a la hora en que todas las demás aves se estaban desperezando. Muchos de los pájaros a los que James había salvado volvían a posarse en las ramas de los árboles. Resultaba alentador ver la confianza que tenían en él.

James se quedaba fuera, en el tejado, durante los primeros rayos de la luz del día. Miraba al norte, entre las copas de los árboles, hacia las montañas, donde podría ser libre. No hacía falta que me contase lo que estaba planeando. Antes o después llegaría una mañana en que James no regresaría.

Sabía cómo le hacía sentir la paz que uno podía hallar en el bosque. Cuando yo iba allí sola, siempre me reconfortaba el canto de los pájaros y la vegetación exuberante. Quería encontrar el sitio donde anidaban los mochuelos cabezones, pero estaba tan escondido, en las profundidades del bosque, que nunca conseguía localizar el lugar al que me había llevado mi hermano. Y entonces, un día, vi unas letras azules pintadas con espray en una roca.

SIGUE.

El corazón me latía con fuerza contra las costillas. Seguí caminando; luego me percaté de que había entrado en la zona donde anidaban los mochuelos. Continué avanzando y vi más pintura en otra piedra. En esta decía *MIRA ARRIBA*.

Sobre mí, en un árbol, había una casita rústica de madera, un refugio sencillo que consistía en una plataforma de madera cubierta por un techo de tejas planas. Allí estaba sentado el amigo de la señorita Larch. No era de extrañar que el doctor Shelton oliese a musgo; estaba viviendo en un árbol.

—Hola —voceé mirando hacia arriba.

Se sorprendió y agarró una escoba, supuse que para defenderse. Entonces dijo:

—Twig.

Movió de arriba abajo la cabeza como si me hubiera estado esperando, y me sentí un tanto halagada por que se acordase de mí, siquiera.

—Deja de dar vueltas —me dijo—. Sube.

Descolgó una escala de cuerda. Vacilé durante apenas medio segundo. Subí. Allí tenía un saco de dormir y una mesa, y una estantería de libros hecha con ramas.

—Se te da bien trepar —me dijo.

Me lo tomé como un cumplido muy serio.

—Por eso me llaman Twig, «ramita».

El doctor Shelton tenía una colección de binoculares y de cuadernos. La mesa estaba cubierta de plumas. Me pareció reconocer el edredón como uno que mi madre había colgado en nuestro tendedero para que se secase al sol.

—Alguien me ha dejado un mensaje para que lo encuentre a usted —le dije.

Tenía algo más que sospechas de que él era el ladrón del que hablaban los Cotillas.

—¿Le importa que le pregunte qué está haciendo aquí arriba? —pregunté.

El amigo de la señorita Larch se metió la mano en el bolsillo de la chaqueta para sacar su tarjeta de visita. Era «Catedrático de Ornitología, jubilado. Doctor por la Universidad de Cornell». Debajo de su nombre decía: «El hombre búho».

—Mi especialidad.

—Los mochuelos cabezones negros. —Tal y como mi hermano me había dicho, exactamente.

Asintió.

—Si soy capaz de demostrar que son específicos de esta zona y que si se construye aquí corren el riesgo de extinguirse, tal vez podría impedir que destrozasen estos bosques.

—¿Es usted quien hace las pintadas?

—No, pero tampoco puedo decir que esté en contra. El que las hace está del lado de este bosque.

—¿Es la misma persona que le trajo el edredón?

—Si lo hizo, entonces es generoso —dijo el doctor Shelton—. Y si te dijera algo más, sería un maldito desagradecido.

—Es generoso con las pertenencias de otras personas.

El caso es que el edredón era viejo, no lo echábamos mucho de menos, y la verdad es que no me importaba que el doctor Shelton lo utilizara, dado que él lo necesitaba más que nosotros.

—Si es correcto lo que estoy pensando, yo diría que es aún más generoso con las suyas propias. Lo que le pertenece a él quiere dárselo a todo Sidwell.

De regreso a casa caminando, pensé que era mejor no juzgar aquello que no entendía, pero eso tampoco significaba que fuera a dejar de intentar llegar al fondo de los secretos de Sidwell.

CAPÍTULO 5

EL MENSAJE Y EL MENSAJERO

Julia encontró el diario cuando no esperaba tropezarse con él. Tal era la forma en que parecía que funcionaban los encantamientos, apareciendo cuando menos te lo esperabas. Las mejores cosas, todas ellas, suceden así, en un día normal y corriente que es como cualquier otro hasta que de pronto todo cambia. Julia estaba en la biblioteca, que era la parte más antigua de la Cabaña de la Paloma Lúgubre, un lugar donde las estanterías estaban repletas de volúmenes polvorientos y estropeados por el paso del tiempo sobre materias como la producción de queso y los modales en la mesa. Había un pequeño escritorio de caoba en el rincón. No era el mueble más bonito; es más, era feo, tenía las patas alabeadas y sueltas y unos cajones cerrados a cal y canto que se negaban a abrirse con la humedad del ambiente. Aquel escritorio parecía que se iba a caer en pedazos si le echabas el aliento encima con demasiada fuerza. A la señora Hall se le había ocurrido llevarlo a la tienda de antigüedades La Puerta Azul, en la Avenida Principal, para ver si ellos podían tratar de venderlo.

Julia quería enviar una postal con una fotografía de Sidwell a su prima de Inglaterra y abrió un cajón buscando un bolígrafo. Al meter la mano dentro, tocó un pestillo en el fondo del cajón. Lo levantó y encontró un compartimento secreto. Dentro había un librito encuadernado en cuero. El diario de Agnes Early.

Si queríamos deshacer la maldición, parecía apropiado que leyésemos aquellas páginas en el herbario. Julia me llamó por teléfono, y yo hice corriendo todo el camino. Esperó a abrirlo hasta que estuvimos sentadas a la sombra de una maraña de rosas que ahora se hallaban en plena floración. Las abejas zumbaban por todas partes a nuestro alrededor. Estábamos listas para retroceder en el tiempo, el deseo de mi madre y, ahora, también el mío.

Lo que de un modo comienza del mismo modo ha de acabar.

Leí la primera frase en voz alta.

He aquí un lugar donde puedo escribir con el corazón.

Y eso hizo. Escribió sobre el bisabuelo de mi bisabuelo y sus ojos verdes, de cómo pensaba en él mientras trabajaba en su herbario plantando las mismas hierbas que ahora cultivábamos nosotras: tanaceto, lavanda, menta. Planificaba la vida que llevarían juntos, para siempre. Lowell Fowler y ella habían crecido juntos, y todo el mundo en Sidwell sabía que estaban destinados a casarse algún día.

Sin embargo, los padres de Agnes pensaban que era demasiado joven y, además, había estallado la guerra, la de la independencia americana. Era el año 1775. La familia Early procedía de Inglaterra, y optó por el bando del rey. Los Fowler, por el contrario, eran norteamericanos de pies a cabeza, y se habían unido a los rebeldes de George Washington para combatir al rey y a su ejército de Casacas Rojas. De la noche a la mañana, familias que habían sido amigas y vecinas se convirtieron en enemigas. Y a Aggie y a Lowell ya no les permitieron verse más.

De manera que trazaron un plan secreto.

Nos encontraremos junto al lago en el último día de julio y huiremos a Boston, donde nuestras familias no lograrán dar con nosotros, y así podremos casarnos.

Cuando Julia leyó aquella frase en voz alta, Beau empezó a ladrar. Se me puso la carne de gallina en los brazos. Sonaba el canto de los grillos en las hierbas altas. Faltaba poco para agosto. Sabía que Julia y yo estábamos pensando en lo mismo: era probable que Agnes Early estuviese sentada justo donde nosotras nos encontrábamos ahora cuando escribió aquellas palabras.

No ha venido.

Agnes le había esperado con la maleta preparada. El traje de novia que ella misma había cosido a mano, siempre en secreto mientras sus padres dormían, iba cuidadosamente doblado en el interior. El punto de encuentro era el campo que había más allá del Último Lago, que por aquel entonces era el lago Early, ya que los demás lagos aún no se habían secado. Puede que aquello también formase parte de la maldición.

Esperó toda la noche, pero Lowell Fowler había desaparecido sin dejar rastro. Agnes fue a ver a sus padres, que no sabían nada de él y estaban solos y preocupados. Sus vecinos buscaron en el bosque y no localizaron ninguna pista. Era como si jamás hubiese existido. Su caballo aguardaba en el establo; su perro se paseaba por la pradera.

Agnes Early esperó un día, un mes, un año.

Y, entonces, ella también desapareció. Antes de marcharse de Sidwell, escribió una última nota en su diario. Decía que había combinado las hierbas que tenía plantadas con dos pétalos del rosal que Lowell le había regalado, un espécimen pequeñito que había llegado directamente desde Inglaterra y floreció el día en que él había desaparecido. En la noche de la primera luna llena de agosto, Agnes creó el hechizo que maldijo a los hombres de mi familia por los siglos de los siglos.

¡Que eche a volar y se aleje de mí aún más veloz, si eso es lo que desea! ¡Que tenga alas!

Y no volvió a escribir nada más.

Me fui a pasear por el bosque para pensar en todo aquello y traté de averiguar qué podría haber obligado a Lowell a abandonar a Agnes Early sin mediar palabra. ¿Podría ser que no quisiera hacerle daño? La gente suele hacer daño a sus seres más queridos, ¿verdad? Sin pretenderlo en ningún momento, arremeten el uno contra el otro, se van cada uno por su lado y no se vuelven a ver nunca. O quizá estuviera más allá del control de Lowell, como si le cayese un rayo cuando menos se lo esperaba.

Fue entonces cuando vi que alguien merodeaba por el bosque. Un chico con una mochila negra.

Era alto, de pelo claro. Saltaba a la vista que conocía bien el bosque, pero yo también. Empecé a seguirle. Conseguí guardar silencio hasta que sonó un crujido cuando pisé una piña de un pino. Me agazapé enseguida detrás de unas zarzas. Cuando se dio la vuelta para mirar a su espalda por encima del hombro, le vi bien la cara. El corazón se me iba a salir del pecho. Me resultaba conocido, en cierto modo. Debería haber regresado, aunque supongo que no estaba pensando con claridad. Fui tras él por el bosque, pero de repente se esfumó. Me dio la sensación de que me lo había imaginado y que había estado persiguiendo a una sombra o algo parecido a una niebla; entonces me percaté de que se había metido por una verja de hierro negro forjado.

Había encontrado la entrada trasera de la hacienda de los Montgomery.

A menos que estuviese muy equivocada, había encontrado también al grafitero.

Colin Montgomery. El chico cuya familia era dueña de aquel bosque.

Me fijé en unas piedras apiladas que antaño se utilizaron para un camino viejo y que se habían ido cayendo. Cogí algunas blancas; después, tan rápido como pude, las coloqué para escribir mi mensaje:

Te ayudaré.

Volví a casa con paso lento, pensando en lo complicadas que eran las familias y en cuántos secretos guardaba la gente. Ahora, yo también tenía uno. Un secreto que no pretendía comentarle a Julia, ni siquiera a James. Antes debía averiguar ciertas cosas.

No me di cuenta de lo mucho que había tardado hasta que entré por la puerta de mi casa. Allí estaba mi madre, esperándome.

—¿Dónde has estado? —Se le puso cara de preocupación—. La mitad de las veces ni siquiera sé si estás en casa. ¿Hay algo que yo deba saber?

—He estado pensando —dije.

Mi madre se echó a reír.

—¡Bueno, eso no tiene nada de malo! ¡Menudo alivio!

—He estado pensando en la historia de nuestra familia.

Mi madre ya no parecía tan animada al oír aquello.

—No puedo ayudarte. Lo siento.

Se metió en la cocina con la intención de poner fin a la charla, pero la perseguí.

—He estado pensando en Lowell Fowler.

Mi madre puso una leve sonrisa.

—Eso es historia antigua.

—Hablo en serio. —No me iba a rendir—. No sé nada sobre él.

Mi madre se encogió de hombros y me dijo que ella tampoco sabía gran cosa, solo que sus padres pusieron en marcha el huerto y que nuestra familia llevaba aquí desde entonces. Que Lowell Fowler había vivido y fallecido en Sidwell.

—¿Desapareció? —quise saber.

—¿En el bosque, para pensar? —me tomó el pelo.

—Mamá. En serio.

—Si desapareció, volvió a aparecer. Está enterrado en el cementerio del pueblo.

Mi madre estaba distraída pasando las páginas del *Heraldo de Sidwell.*

Me marché camino de mi habitación, pero me encontré con James en el pasillo, que iba rumbo a la puerta principal.

—No intentes detenerme —me dijo—. No puedo seguir viviendo así.

—Si Julia y yo averiguamos el remedio, no tendrás que hacerlo. Si somos capaces de averiguar lo que le pasó a Lowell, quizá lo podamos revertir.

—¿No te parece que, de haber sido posible, ya lo habría hecho alguien hace mucho tiempo?

En lugar de escucharme, James salió al porche de la puerta principal. Hacía una tarde preciosa. Pensé en todos los días en que había estado encerrado y se me hizo un nudo en la garganta cuando me fui a colocar junto a él. No le culpaba por no tener fe en nada; al menos me tenía a mí para respaldarlo. Parecía que el chico de la hacienda de los Montgomery no tenía a nadie.

—Algunas noche no vuelo —me dijo mi hermano—. Me pongo el abrigo largo y salgo caminando por la puerta como una persona normal y corriente. Bajo por la carretera y recorro el pueblo. Me detengo en la Avenida Principal. Me siento en los escalones del ayuntamiento. Miro por los ventanales de la biblioteca, solo para saber cómo es ser normal. Nadie me ha pillado aún.

Un coche había girado para entrar en el camino de tierra que llegaba hasta nuestra casa. Me inquietó que pudiera ser el sheriff de nuevo, pero James no parecía preocupado.

—Quizá ya sea hora de que me vea todo el mundo. Quizá sea el destino. Que pongan mi foto en las camisetas para que la gente pueda ver al verdadero Monstruo de Sidwell. ¡Aquí estoy! —le gritó al coche.

No era el sheriff, pero agarré a James del brazo y tiré de él hacia el interior de la casa. Había reconocido el coche del señor Rose, y si James no se daba prisa, su historia podría acabar llenando la primera plana del *Heraldo*.

—Solo por ahora —le dije—, quédate dentro.

Cuando el señor Rose se bajó del coche, yo ya estaba fuera otra vez, en el porche, sentada en la barandilla. Me entregó el litro de helado que había traído. Comprobé el sabor: manzana con canela, mi favorito. Miré al señor Rose con detenimiento, preguntándome si sería un mentalista o si daba la casualidad de que a él le gustaba el mismo helado que a mí.

—Hola, Twig. Habría jurado que había alguien aquí contigo.

—No —le dije con los dedos cruzados detrás de la espalda—. Mi sombra y yo, nada más.

—Qué curioso —masculló—. Tengo muy buena vista. ¿Tu sombra es un chico alto, unos cuatro años mayor que tú?

Le dije que no con la cabeza mientras sentía crecer el pánico. ¿Podría ser capaz de leerte el pensamiento, de verdad?

—A lo mejor debería ir al oculista. La visión cambia cuando uno se hace mayor.

—Tiene razón. Quizá debería ir.

No había oído a mi madre llegar a mi espalda, pero allí estaba de repente.

—Teresa —me dijo, y usó mi nombre de pila para darle más énfasis—, ¿por qué no pones ese helado en el frigorífico? Voy a tener una charla con el señor Rose.

Estaba asombrada. Jamás me habría imaginado que mi madre se fuese a dar un paseo por el huerto con el editor de un periódico cuando tenía tanto que ocultar, cuando era tanto lo que se jugaba si descubrían a James. Al mismo tiempo, mi madre parecía tan feliz que yo también me sentí feliz, y cuando el señor Rose me saludó con la mano desde el huerto, yo le correspondí.

A veces piensas que sabes lo que va a suceder a continuación, y entonces el universo te sorprende, sobre todo en Sidwell. Volví a salir de paseo para pensar un rato. De nuevo me encontré ante las viejas puertas de la hacienda de los Montgomery. Supongo que quería ver si mi mensaje seguía allí. Ya no estaba. Las piedras estaban desperdigadas. Al principio pensé que habría sido un accidente, algún ciervo que había pasado corriendo y se lo había cargado, luego me di cuenta de que habían recolocado las piedras para responderme con otro mensaje.

Gracias, Twig.

CAPÍTULO 6

EN LA INTERSECCIÓN DEL PASADO, EL PRESENTE Y EL FUTURO

Mi madre había dicho que enterraron a Lowell en el cementerio de Sidwell, así que allí nos fuimos Julia y yo a continuación. El viejo cementerio estaba en uno de los caminos más empinados de las afueras de Sidwell. No se utilizaba desde 1901, cuando se hizo un cementerio nuevo un poco más cerca del pueblo. Subimos el camino y por fin llegamos. Se trataba de un día caluroso, y el cielo era de un frágil azul salpicado de nubes. La hierba estaba tan alta que nos llegaba por encima de las rodillas. Había mirlos planeando en círculos sobre nosotras, y nos chillaban como si no debiésemos estar allí, haciendo lo que podían para echarnos.

Aún no le había hablado a Julia sobre Colin Montgomery. No quería compartirlo con nadie, todavía no. Aun así, siempre que le ocultaba a alguien un secreto, levantaba un muro entre nosotros, y ahora me estaba ocurriendo con Julia. Ella iba charlando, pero yo guardaba silencio, inmersa en mis propios pensamientos. Resultaba bastante sencillo hacerlo: en aquel lugar el silencio parecía lo apropiado.

Una valla de hierro oxidado rodeaba el cementerio, pero la verja no estaba cerrada con llave, y fue sencillo empujarla y abrirla. Apoyamos las manos en el metal y, en cuestión de segundos, estábamos dentro.

Allí habían enterrado a varios miembros de la familia Fowler, además de a muchos antepasados de la gente del pueblo cuyos nombres reconocía: los bisabuelos del señor Stern, el tendero; las tías y los tíos de la profesora de teatro, la señora Meyers; varios parientes del señor Hopper, del vivero; y hasta uno o dos miembros de la familia Larch.

Encontramos la tumba de Lowell en una pendiente en la que había unos terraplenes con rosas silvestres de color rosa. Estaba apartada del resto, sola, e identificada con la mayor sencillez: una lápida blanca y simple. Julia y yo nos agachamos para poder limpiar el polvo y las piedrecillas y leer la inscripción.

Lowell Fowler, hijo de Sidwell.

Ya puedo volar en libertad.

—Cuando regresó, debió de pensar que Agnes seguiría aquí —dijo Julia con una mirada triste en los ojos.

Estaba de acuerdo, y asentí.

—Solo que entonces era ella quien había desaparecido.

—Su verdadero destino quedó interrumpido.

Siempre hacía viento en aquella colina, incluso en los días soleados. Sentí un escalofrío. Me di cuenta de que había algo sobre la tumba de Lowell. Una piedra blanca. Miré a mi alrededor. Allí, con nosotras, no había nada más que hierba, rosas silvestres y la valla de hierro.

Casi le cuento a Julia lo de Colin Montgomery en ese instante.

Pero no lo hice.

Me estaba hablando de lo que teníamos que hacer acto seguido.

—Yo buscaré en la cabaña, a ver si Agnes dejó alguna pista más sobre cómo deshacer el hechizo. Averiguaré adónde se marchó cuando se fue de Sidwell. Vamos a volver a Brooklyn este fin de semana para que mi padre pueda terminar su trabajo allí y recoger unas cajas que nos dejamos. Iré a la biblioteca a ver si tienen algo sobre Agnes en sus archivos.

—Yo intentaré descubrir por qué desapareció Lowell, antes que nada, y dónde estuvo durante todos aquellos años.

No queríamos que el destino se volviese a hacer un lío otra vez.

Mientras Julia estaba fuera, fui a las oficinas del periódico, en la esquina de la calle Quinta con la Avenida Principal. Estaba dispuesta a investigar a Lowell Fowler, pero también quería echarle un vistazo a la vida de otra persona. El señor Rose era un editor, acostumbrado a escarbar en las historias, y por algún motivo me daba la sensación de que podía confiar en él. Pensé que él comprendería cuestiones como los crímenes y el destino. Quizá pudiese ayudarme a decidir si uno debe delatar a alguien que a lo mejor ha hecho algo que podría meterlo en un lío, algo que podría afectar a tu familia y, tal vez, a todo el pueblo.

Sonó una campanilla sobre la puerta cuando entré en las oficinas del periódico, un tintineo como el de los cascabeles que antes se colgaban de los trineos tirados por caballos. De nuevo me sentí como si estuviese retrocediendo en el tiempo, y, para ser sincera, fue una sensación agradable. El pasado me parecía un lugar donde se podían aclarar y solucionar las cosas.

El señor Rose estaba sentado detrás de un escritorio antiguo de roble con un montón de casilleros llenos de facturas y de cartas. Había un ordenador, pero estaba escribiendo a mano, y se apresuró a guardar el cuaderno nada más verme. Lo que estaba escribiendo tenía pinta de ser una carta de amor. Estaba bastante segura de haber visto un corazón junto a la rosa en la que había firmado con su nombre.

—¡Twig! —dijo con alegría—. ¿A qué debo el placer de tu compañía?

Me senté en una silla de cuero desgastado. Por algún motivo, el modo en que el señor Rose había dicho mi nombre me hizo sonreír. Intenté acordarme de que debía mantenerme distante, tal y como era yo con todos los demás en el pueblo, pero no me resultaba sencillo.

—Necesito información. Voy de camino a la sala de historia del ayuntamiento, a ver a la señorita Larch.

—La tía Florence —asintió el señor Rose—. Una excelente historiadora. Nadie sabe más que ella sobre Sidwell.

—Pero también necesito cierta información actual.

—A tu servicio. —Apartó su silla del escritorio y cruzó las largas piernas, preparado para escucharme.

Solo había otros dos empleados: el señor Higgins y la señorita Hayward, ambos ocupados al teléfono. No pude evitar oír fragmentos de sus conversaciones. El señor Higgins estaba hablando con su hija Ruth sobre la cena —él prefería el pollo frito al estofado de ternera—, y la señorita Hayward estaba hablando con la consulta del dentista sobre una cita para una revisión dental. Ninguna exclusiva, que digamos. Los dos reporteros tenían noventa años, por lo menos, y llevaban toda la vida trabajando en el periódico. La señorita Hayward se encargaba de redactar el informe de la policía, y el señor Higgins cubría el panorama social, que incluía las funciones del colegio, las reuniones del pueblo y el festival de la manzana. Me saludaron al terminar sus conversaciones telefónicas.

—¿Cómo tú por aquí, Twig? —dijo el señor Higgins.

—Estás en tu casa —dijo la señorita Hayward con simpatía—. Me olvido de todo cuando trabajo, así que, si no te lo he dicho ya, «hola, ¿cómo estás?».

Yo también la saludé y le aseguré que estaba fenomenal; entonces me volví hacia el señor Rose.

—Quería averiguar algo sobre la familia Montgomery —le dije en voz baja.

—Yo también. Parece que estamos en sintonía.

El señor Rose sacó unos archivos.

—El señor Montgomery compró hectáreas enteras de bosque alrededor de Sidwell hace dos décadas. Vive en Boston, y solía pasar los veranos aquí, pero apenas ha venido en los dos últimos años.

Pensé en aquel verano en que se suponía que yo iba a interpretar a la bruja. Recordé a mi amigo de aquella época. Era Colin Montgomery. Por eso me sonó su cara ante la verja de su casa. Incluso a los cinco años, ya era un niño alto, tímido y rubio que llevaba una mochila negra. «Adiós, Twig», me dijo aquel día en que tuve que marcharme y renunciar a mi papel. Siempre nos tomábamos juntos el almuerzo en el patio, y, dado que a él nunca le gustaba el suyo, yo siempre le daba la mitad del mío. «Adiós, Collie», le dije yo, y él me sonrió, porque los dos teníamos apodos.

—He estado investigando a Hugh Montgomery para un artículo —prosiguió el señor Rose—. Piensa urbanizar el bosque y construir un centenar de casas además de un centro comercial, varios restaurantes y tal vez incluso un colegio nuevo. El pueblo lo tendrá que votar en septiembre. Las obras supondrían puestos de trabajo, así que hay gente que está a favor, pero también destruirían muchas de las cosas que más les gustan a los habitantes del pueblo.

—El bosque —le dije.

El señor Rose asintió.

—El bosque.

—¿Y qué pasa con los búhos? —le pregunté.

El señor Rose se inclinó hacia delante.

—¿Qué búhos?

—Los mochuelos cabezones de color negro. Solo existen en Sidwell. El doctor Shelton, el amigo de la señorita Larch, lo sabe todo sobre ellos.

—¿Ah, sí? —El señor Rose se ajustó la chaqueta con un movimiento de los hombros—. ¿Por qué no te acompaño a ver a la señorita Larch?

Como tenía las piernas largas, el señor Rose caminaba deprisa. Yo también las tenía largas, pero aun así me tuve que apresurar para no quedarme atrás. Me ponía un poco nerviosa volver al ayuntamiento después de haber robado las plumas. Cuando entramos, miré a mi espalda por encima del hombro, temerosa de que alguien me agarrase y me dijera: «¡Ajá, aquí está la ladrona!». Por suerte, no me vio nadie mientras seguía al señor Rose.

Pasamos por el salón de actos, donde los niños del campamento estaban ensayando la obra que siempre se representaba el día 1 de agosto, el día de la desaparición de Lowell.

Una niña pequeña era la bruja, claramente. Iba vestida entera de negro, y estaba de pie sobre el precipicio de cartón piedra.

—«¡No os entrometáis en mis asuntos si sabéis lo que os conviene a vosotros y a los vuestros!» —decía con voz temblorosa.

—Odio esta obra —le conté al señor Rose.

Vimos cómo los demás niños empujaban a la brujita por el precipicio. Cayó con demasiada fuerza, se raspó la rodilla y se echó a llorar.

—Ya entiendo por qué —dijo el señor Rose—. Deberían reescribirla.

—Algún día —le aseguré—. La reescribirán.

—Algún día, pienso ir a ver tu versión —me dijo, y eso hizo que me cayese todavía mejor—. ¿Nos sumergimos en la historia de Sidwell? —Abrió la puerta de los dominios de la señorita Larch—. Tía Florence. —El señor Rose la saludó con un beso en la mejilla—. Vengo con Twig, a buscar un poco de ayuda con la historia. —Su mirada se desvió hacia la mesa y advirtió que estaba puesta para dos—. ¿Estabas esperando a alguien?

—Bueno, según parece, es a Twig a quien voy a recibir, ¿verdad que sí? —dijo la señorita Larch.

Me percaté de que la señorita Larch no tenía mucha práctica en ocultar secretos.

El señor Rose miró de frente a su tía.

—Estoy investigando algo relacionado con los búhos. ¿Tú no podrías ayudarme con eso, verdad?

—Lo haría si pudiese, pero no puedo. Los búhos no son mi especialidad, precisamente, y tampoco estoy en situación de revelar los conocimientos de los demás.

Sospeché que la señorita Larch estaba acostumbrada a proteger al doctor Shelton y que tenía sus razones, exactamente igual que yo tenía mis razones para proteger a James, y ahora, al parecer, para proteger también a Colin Montgomery.

—Creo que puedes confiar en mí, tía Florence —dijo el señor Rose—. Solo quiero lo mejor para Sidwell, y creo que ya sabes que sé guardar un secreto.

—Si encuentras a la persona que podría ayudarte —dijo la señorita Larch—, dale esto. Quizá tenga hambre. Y dile que te envío yo.

Cortó una porción grande de la tarta de café y canela que había en una fuente floreada y la envolvió en una servilleta.

—Gira a la izquierda en el Último Lago —dijo ella—.
Y luego mira hacia arriba.

El señor Rose asintió y se volvió hacia mí.

—Buena suerte, Twig. Espero que encuentres lo que estás
buscando.

—Espero que usted también lo encuentre.

Nos estrechamos la mano, y tuve una especie de sensación
emotiva sin razón aparente. Supongo que pensé que estábamos intentando salvar Sidwell juntos, aunque nadie supiese
que también estábamos intentando salvar a la gente que más
nos importaba.

—Mi sobrino es un buen hombre —me dijo la señorita
Larch cuando nos quedamos a solas. Había puesto la tetera a calentar. Estábamos tomando un té para la memoria, lo que
resultaba especialmente apropiado teniendo en cuenta que mi
investigación tenía que ver con el pasado. Era de melocotón y
jengibre con un toque de vainilla—. Aunque sufre del mal de
amores —añadió.

—¿De verdad? —Tal vez acertase al pensar que el señor
Rose estaba escribiendo una carta de amor cuando entré en las
oficinas del *Heraldo*.

—El mal de amores siempre se le nota a la gente en los
ojos. Además, se pone a cantar canciones de amor él solo. Esa
es una señal inequívoca.

Mi madre cantaba canciones de amor cuando creía que
yo no la escuchaba. Es más, me había percatado de que la
señorita Larch estaba cantando una canción de amor mientras nos servía el té. *Con solo pensar en ti se me olvida hacer*

las pequeñas tareas cotidianas que todo el mundo ha de hacer.

También se le había olvidado poner las cucharillas y el azúcar, pero no es que me importase. No sabía que una se pudiese enamorar a la edad de la señorita Larch.

—¿Qué te trae hoy por aquí? —me preguntó.

Le hablé de Lowell, el bisabuelo de mi bisabuelo, y de cómo había desaparecido en 1775 y dejado un mal de amores al marcharse, y que nadie parecía saber por qué.

—Fue al principio de la guerra de la Independencia —dijo la señorita Larch mientras se encaminaba hacia los archivos—. Y la mecha de este suceso que cambiaría el mundo se prendió en la batalla de Concord, y fue el inicio de nuestro país. Por desgracia, si estás buscando las noticias de aquella época, podría haber algún problema. Poco después, hubo un gran incendio en Sidwell. Cayó un rayo, y eso fue lo que prendió el fuego. Se quemó la mitad de la Avenida Principal.

»He visto algunos documentos sobre Lowell Fowler. Fue un héroe de guerra. A su regreso se organizó un gran desfile en su honor en la Avenida Principal, el mayor desfile que jamás se haya celebrado en Sidwell. Y, después, Johnny Chapman, más conocido como Johnny Manzanas, le regaló el manzano Rosa, y puso en marcha el huerto.

La señorita Larch se puso las gafas para leer y sacó los archivos del año en que desapareció Lowell. Afortunadamente, el ayuntamiento no ardió en el incendio, y aún quedaba un registro de matrimonios, nacimientos y muertes, y también un registro militar que se remontaba hasta el siglo XVIII.

En la tarde del 31 de julio de 1775, todos los hombres jóvenes que estaban en buenas condiciones físicas se marcharon de Sidwell para luchar contra los británicos. Aquella información era bien conocida: aparecía todo escrito en los folletos que daban a los turistas que venían de visita a Sidwell. Sin embargo, había algo más que nadie sabía. Una vez reunidos todos los hombres, faltaba uno: Lowell Fowler.

Cuando los demás hombres del pueblo salieron a buscarle, lo encontraron caminando por el bosque rumbo a reunirse con Aggie Early. Les dijo que él no podía marcharse a Concord, aunque era un patriota. Les contó que su boda se iba a celebrar al día siguiente, y eso era algo a lo que un hombre no podía faltar, ni siquiera a causa de una guerra contra el rey. Pero los hombres de Sidwell no le hicieron caso. Insistieron en que ir a la guerra era el deber de todo patriota, incluso de los que estaban enamorados. La guerra no podía esperar, y no había nada más que decir.

Se lo llevaron sin darle un minuto para despedirse.

Aquel fue el minuto que cambió su destino y el nuestro.

Lowell demostró su valor y salvó a muchos de sus amigos durante el tiempo en que prestó servicio, incluidos varios habitantes de Sidwell, uno de ellos un pariente de la señorita Larch.

—¡Piénsalo! ¡Yo no existiría de no ser por él, ni tampoco Ian! —dijo la señorita Larch—. Estarías aquí hablando con una silla vacía. Es más, ¡muchos de nosotros no estaríamos aquí de no ser por Lowell Fowler!

—¿Y no podía haber escrito alguna carta para enviarla a casa?

—Es probable que no. Se interrumpió el servicio de correos, y todo lo demás también. La guerra es la guerra, y las cartas, aunque las escribas, se pierden con mucha facilidad.

Después de la guerra, Lowell por fin volvió a casa. Para ese momento habían pasado ya seis años.

—¿Y qué ocurrió entonces?

La señorita Larch estaba observando el registro de matrimonios y nacimientos.

—Se casó con una chica del pueblo y tuvieron un hijo, pero parece que no volvió a salir de casa después de regresar a Sidwell. Su mujer lo hacía todo. Nadie volvió a verlo, en realidad. —Pasó unas cuantas páginas viejas y arrugadas—. Es obvio que había algo o alguien que le importaba en la Cabaña de la Paloma Lúgubre.

En su testamento, Lowell había dejado una suma de dinero para pagar los gastos de mantenimiento de la cabaña durante todos los años en que estuvo abandonada.

—Me imagino que querría mantenerla en condiciones en caso de que alguna vez regresaran sus anteriores ocupantes —dijo la señorita Larch.

El té para la memoria que estábamos tomando iba haciendo efecto, desde luego, porque recordé algo personal. Algo en lo que no había pensado en mucho tiempo. Al acabar aquel verano de hacía tanto, cuando tuve que renunciar a interpretar el papel de la bruja. Encontré una nota que alguien nos había dejado en el porche.

Adiós, habían escrito en tinta azul.

Tu amigo, Collie.

Tal vez yo también le importase a alguien.

CAPÍTULO 7

CÓMO REVERTIR UNA MALDICIÓN

Cuando Agate y Julia regresaron de Brooklyn, las estaba esperando en el porche de la Cabaña de la Paloma Lúgubre. Beau vino hacia mí a la carrera, ladrando para saludarme, y el doctor y la señora Hall me dieron ambos un abrazo y me dijeron que se alegraban de estar en casa. Agate venía con las manos llenas de telas que había comprado en Manhattan.

—¡Seda, satén, terciopelo, *tweed*! —se puso a cantar, y entró corriendo para ponerse a trabajar con la máquina de coser.

En la biblioteca de Brooklyn, las hermanas Hall habían descubierto que Agnes Early había vivido allí y que había sido costurera en una tienda que era famosa por sus vestidos de novia. Estaba claro que Agate había heredado de ella el talento para la costura. Un bibliotecario ayudó a las chicas a encontrar un ejemplar del censo de 1790. Al ojearlo, averiguaron que a Agnes le habían ido las cosas lo bastante bien como para comprarse su propia casa. Aunque nunca se casó, su hermana pequeña

Isabelle sí lo hizo. Aggie adoraba a sus sobrinas y sus sobrinos, uno de los cuales era el bisabuelo del abuelo de Julia y Agate.

Después llegó el turno de mis novedades, y anuncié que sabía quién estaba haciéndose pasar por el monstruo.

—¿Lo sabes? —me aplaudió Julia por mi espléndido trabajo de investigación, según ella—. ¿Le pusiste una trampa?

—No me hizo falta. Lo vi en el bosque. Solo es un chico que solía pasar aquí los veranos cuando era pequeño. Creo que intenta proteger a los búhos.

—Pues está consiguiendo que la situación empeore para tu hermano.

Julia alargó el brazo para coger su mochila y sacó un papelito que les habían dejado sujeto con el limpiaparabrisas del coche de su padre aquella mañana.

CAZA DEL MONSTRUO
Se aconseja a todos los del pueblo que traigan
bates, armas, cuchillos, redes, linternas o faroles.
Nos vemos delante del ayuntamiento a las 8 de la mañana.

Me recorrió un escalofrío.

—Es mañana por la mañana —me dijo Julia—. ¿Y si buscan dentro de las casas?

No sabía ni por dónde empezar a responder aquella pregunta. Solo pensarlo ya era horrible.

Si buscaban en nuestra casa, encontrarían a mi hermano.

Anochecía ya cuando mi hermano James y yo paseábamos juntos por el huerto. Íbamos callados mientras los colores del crepúsculo variaban a nuestro alrededor. Sabíamos que nuestras vidas estaban a punto de cambiar. Le había enseñado el papel con el anuncio de la caza del monstruo, él lo había leído y luego lo había arrugado con una sola mano. Jamás le había visto los ojos tan oscuros. Recogí el papel, lo doblé y me lo guardé en el bolsillo para que no lo descubriese mi madre.

El herbario había crecido tan alto que nadie podía vernos. Nos reunimos con Agate y Julia en el centro, donde llegaban al encuentro los cuatro senderos. Cómo no íbamos a ser cuatro, si era lo suyo. Estábamos juntos en eso, y juntos podríamos romper el hechizo y evitar como fuese la caza del monstruo. Julia hacía cuanto podía por no quedarse mirando las alas de mi hermano, que las llevaba replegadas en la espalda. Si no te fijabas con mucha atención, parecía como si se hubiera puesto una capa sobre los hombros.

—Tenemos que terminar donde empezó Aggie —dije—. Esa es la única manera de revertir la maldición.

—Da igual lo que hagamos. Nunca seré normal. —James se volvió hacia Agate—. No puedo arrastrarte a esto.

Se marchó airado del herbario pese a que Agate le llamó e hizo cuanto estuvo en su mano para que regresara. Era como si él no la oyese, pero Agate estaba convencida de que podía hacerle cambiar de opinión.

—Yo le haré entrar en razón —dijo.

Garabateó una nota en un trozo de papel y me lo dio para que yo se lo llevase a James. Me fui a casa y subí corriendo al desván, pero James no respondió cuando llamé a la puerta y grité su nombre. Era un cabezota, su único defecto. Una vez que tomaba una decisión, no escuchaba a nadie. En eso era como mi madre. Acabé pasándole la nota por debajo de la puerta.

Esa noche, Agate esperó en la pradera, tal y como le había escrito que haría. Todas las luciérnagas se desvanecían. Se hizo tan tarde que se quedó dormida sobre la hierba. Llegaron los búhos y se fueron, pero James no apareció.

Salió esa noche. Miré por la ventana y vi cómo su sombra se desplazaba por el césped cuando James pasó volando hacia el norte, hacia las montañas. Subí al desván y vi que todas las ventanas se habían quedado abiertas. Flash se había ido. Era probable que hubiese seguido a James hasta uno de sus lugares secretos en los bosques, donde nadie podría encontrarlo. Yo sabía que era en el cielo donde debían estar los pájaros, pero el lugar de mi hermano estaba con nosotras.

Había dejado una última nota para que yo la entregase, así que fui yo quien se reunió con Agate en la pradera justo cuando ella se estaba despertando. Tenía suelto su cabello rubio, los pies descalzos, el vestido negro arrugado. La luz del amanecer era amarillenta, como los ojos de un gato, y el aire estaba cargado de calor y de humedad, como suele estar antes de una tormenta. Supe lo que le había escrito mi hermano, porque, cuando Agate dejó caer la nota al suelo, la recogí y la leí. No sé si aquello estuvo bien o mal, pero después de leer la nota supe que James no quería hacerle daño, que él solo quería que ella fuese feliz, y que estaba convencido de que Agate jamás podría encontrar la felicidad con el Monstruo de Sidwell. Para cuando viniesen a cazarlo, ya haría mucho que él se habría ido. Me marché a casa atravesando el herbario donde se había creado el encantamiento. Había dos pétalos de rosa en el sendero. Los recogí y me los guardé en el bolsillo. Pensé que podrían traerme suerte, y ahora sí que necesitaba la buena fortuna.

Menudo lío había montado. Si no me hubiese quedado mirando cómo se mudaba la familia de los Hall, o si no hubiese trepado al manzano ni me hubiera caído y roto el brazo, si nunca le hubiese hablado a James sobre Agate, si él no la hubiese visto allí de pie en la hierba delante de nuestra casa, si me hubiese mantenido al margen, ahora mi hermano podría estar a salvo en casa en lugar de en el bosque, absolutamente solo.

Debía contarle a mi madre la verdad. Todas esas veces en que llegaba tarde, en que me inventaba excusas, había estado en la Cabaña de la Paloma Lúgubre. Tenía tantas ganas de tener una amiga que había mentido y le había ocultado secretos; ahora, por culpa de aquello, James había desaparecido.

Estábamos sentadas ante la mesa de la cocina. Ni siquiera fui capaz de mirar a mi madre mientras reconocía todo lo que había hecho. Estaba esperando que ella me dijese que menuda decepción se había llevado conmigo, pero en cambio me cogió las manos.

—Ya sabía que estabas yendo allí, Twig. Y no te lo he impedido porque también sabía lo mucho que deseabas tener una amiga.

Me escocían los ojos de contener las lágrimas.

—¡Pero es que te estaba mintiendo!

—Solo porque las normas eran injustas.

Cuando mi madre se acercó para abrazarme, sentí que algo se abría en mi interior, mi amor hacia ella y mi gratitud por todo cuanto había intentado hacer por nosotros, aunque parte de ello no hubiera salido bien.

—Vamos a buscarlo —me dijo.

Miramos por todo el pueblo, deteniéndonos en los lugares a los que James me había contado que iba en la oscuridad —la biblioteca y el ayuntamiento—, pero no vimos ni rastro de él. Mi madre me dijo que fuese a la cafetería Starline mientras ella buscaba por las callejuelas adyacentes. El señor Rose estaba en la barra. Había pedido un trozo del pastel rosa de melocotones que hacía mi madre en verano.

—Twig —dijo el señor Rose al verme—. ¿Estás bien?

Lo más seguro es que tuviese pinta de haber estado llorando.

—Estoy intentando encontrar a alguien que no quiere que lo encuentren.

—Eso puede ser tan complicado como ir buscando a una sombra.

Le di al señor Rose el papel arrugado que me había metido en el bolsillo. Asintió disgustado.

—Hace tiempo que a mi tía le preocupaba la posibilidad de que se organizase una caza del monstruo. En realidad, me llamó para hablar de esto antes de que aceptase el trabajo en el periódico. Es una de las razones por las que vine. Voy a ver qué puedo hacer para detener este sinsentido.

El señor Rose se dirigió a su oficina y me dijo «adiós» con la mano desde la calle.

Se acercó Sally Ann, preocupada.

—¿Puedo traerte algo, cielo? —me preguntó—. ¿Algo para tu madre, quizá?

Qué amable era; asentí, y Sally Ann me trajo un café para llevar para mi madre y una galleta de avena para mí.

—Invita la casa —me dijo—. Los amigos son los amigos, aun cuando no se vean con demasiada frecuencia.

Salí corriendo hacia el coche, donde me esperaba mi madre.

—Toma, de parte de Sally Ann.

—Siempre ha sido muy considerada —dijo mi madre.

Le di el café, y tomó varios sorbos. A continuación nos dirigimos en coche hacia las montañas. Aparcamos a un lado de la carretera y nos abrimos paso a través del bosque llamando a voces a mi hermano. Vimos una garza azul que alzaba el vuelo. Vimos huellas de ciervos y de mapaches. Vimos ratones que salían disparados huyendo de nosotras, pero no vimos ni rastro de mi hermano.

Una vez en casa, después de que mi madre se metiese en su habitación, donde la pude oír llorando, me marché por mi cuenta a buscarlo de nuevo. Fui andando hasta que llegué al viejo camino donde se habían desperdigado las piedras. En una roca junto a la enorme valla que rodeaba la hacienda de los Montgomery, habían pintado un pequeño monstruo azul. Me incliné e hice el pino. Me temblaban los brazos, pero me mantuve el tiempo suficiente para ver una vez más la cara del búho. Por algún motivo, aquello me infundió valor.

Se me cayeron unas cuantas cosas de los bolsillos, incluidas las llaves de mi casa y varias monedas, y me agaché para recoger todo lo que pude encontrar en la oscuridad. Respiré hondo y traspasé la vieja verja, y después de eso seguí adelante. La casa se alzaba en la decreciente luz del crepúsculo. Toqué el timbre y retrocedí. No me abrió nadie, pero, cuando me di la vuelta, Colin Montgomery estaba de pie en el césped.

—Mi padre ha salido a cenar —dijo—. Solo estoy yo.

Tenía exactamente el mismo aspecto que cuando éramos pequeños, pero diferente.

—Collie —dije—. Tú eres el monstruo.

Me dijo que sí con la cabeza y se sentó en la hierba. Fui a sentarme a su lado. Es posible que cuando conoces a alguien siendo aún muy pequeño, te quede siempre la sensación de conocerlo.

—Fue la única manera que se me ocurrió de tratar de impedir que mi padre acabe con el bosque. Este es el único lugar en el que me he sentido a gusto en mi vida.

—No eres la única persona que se siente así.

Asintió.

—Por eso he estado ayudando al doctor Shelton.

—Querrás decir robando cosas para él.

—Cogiéndolas prestadas. Y dejando letreros para convencer a la gente de que vote en contra de que hagan obras en el bosque.

—Pues ahora la gente del pueblo va a salir a cazar al monstruo. Por eso ha desaparecido mi hermano.

—¿Tienes un hermano?

No sé por qué confié en él, pero lo hice. Tal vez fuese porque él había sido el único amigo que había tenido antes de conocer a Julia. Tal vez fuese por la nota que él me dejó hace ya tantos años. El vínculo que habíamos compartido se rehízo por completo cuando me contó que había perdido a su madre el año en que estábamos en el campamento de verano. Por eso odiaba sus almuerzos, porque los preparaba la asistenta, y por eso me agradecía tanto que compartiese con él los míos, que eran caseros.

—James es el monstruo —le dije.

Collie se echó a reír hasta que vio mi expresión tan seria.

—Los monstruos no existen —me contestó.

—La gente de Sidwell cree que sí.

—Pues tendremos que hacerles cambiar de opinión —me dijo Collie.

Salió en el periódico al día siguiente, a toda página en la primera plana.

EL MONSTRUO SE ENTREGA Y CONFIESA

Debajo había una fotografía de Colin Montgomery. Había confesado que él era el responsable de todos los robos y las pintadas del pueblo. Después de haberme acompañado a casa dando un paseo, se marchó a la oficina del sheriff. Después llegó su padre y le dijo que no dijera una sola palabra sin estar presente su abogado, pero Collie ya le había contado su historia al sheriff, a Ian Rose y a cualquiera que quisiese escucharla. Había fingido ser el Monstruo de Sidwell para llamar la atención de todo el mundo.

—Voten que no en la reunión de vecinos del pueblo —dijo justo antes de que su padre llamase a un abogado de Boston y pagase la multa para que lo dejaran irse.

Quería darle las gracias a Collie. Sabía que había confesado por James y, quizá, tan solo un poquito, por mí. Salí rumbo a la hacienda de los Montgomery, pero me detuve al llegar al Último Lago. Tuve una sensación descorazonadora. Vi a Collie y a Julia charlando, sentados en el embarcadero. Los oí reírse. Apenas pude verlos de espaldas, pero tampoco me hacía falta ver más para saber lo que había pasado. Salí corriendo por donde había venido, con la cara muy roja.

Debería haberme imaginado que sucedería. Yo era Twig, la invisible. Twig, en quien nadie se fijaba. Me pareció lógico que se cayesen mejor el uno al otro de lo que yo les caía a ambos. Lloré mientras corría, pero, cuando crucé el huerto, las lágrimas ya habían desaparecido, y me sentía fría.

Había vivido mi vida entera sin un solo amigo. Solo tendría que recordar cómo hacerlo de nuevo.

Aunque ya no me hiciese falta volver a mentir a mi madre, no iba a la Cabaña de la Paloma Lúgubre. Sin James, la casa estaba más silenciosa, y así la quería yo. Cuando Julia llamaba, no le cogía el teléfono. ¿Acaso había algo que decir? ¿Que habíamos sido amigas pero que ya no confiaba en ella? ¿Que casi conseguimos revertir la maldición? A veces veía a Agate de pie ante nuestra casa, en la oscuridad. Venía cuando pensaba que no la vería nadie, pero yo siempre la veía, tal vez porque las dos escudriñábamos el cielo en busca de James. Agate parecía un fantasma, con el pelo enredado y su piel blanca como la tiza. Ahora entendía el deseo de mi madre. Ojalá pudiésemos retroceder en el tiempo, hasta el comienzo del verano, cuando todo era distinto, y cuando todo parecía posible.

En la mañana del 1 de agosto, un sábado caluroso y azul, cuando todo el pueblo se preparaba para asistir a la función en el ayuntamiento, Julia apareció en nuestra puerta de atrás. Ni siquiera llamó, entró sin más, aunque nunca había venido hasta entonces. Yo estaba fregando los platos, y me sorprendió tanto que se me cayó un vaso. Se hizo añicos en el fregadero. La verdad era que, aparte de James, Julia era la persona a la que más echaba de menos. Se me olvidó que el grifo del fregadero estaba abierto. Se me olvidó el vaso roto.

—Ya sé que no quieres hablar conmigo porque James se ha marchado y lo más probable es que nos eches la culpa a nosotras. —Parecía triste, pero también segura de sí misma. Se acercó y cerró el grifo—. Aunque tú ya no quieras ser mi amiga, yo sí quiero.

—¿Quieres? —le dije—. ¿No tienes otro amigo con el que prefieres estar?

Julia arrugó la frente, confundida.

—Te vi con Colin en el lago.

Julia se echó a reír.

—¿Por eso estás enfadada? —Sacó un sobre—. Me estaba dando esto para ti. Le dije que te lo daría, pero cada vez que te llamaba para que vinieras no me cogías el teléfono. Me dijo que se te cayó esto cerca de su casa, y que pensó que te traería suerte. Me contó que jamás había tenido en Sidwell un amigo mejor de lo que tú habías sido para él. Cuando me preguntó si me importaría compartirte con él, le dije que por supuesto que me encantaría.

Doblé el sobre y me lo guardé en el bolsillo, y después rodeé a Julia con los brazos. Cuánto la había echado de menos.

—Perfecto —le dije.

—Y hay más —dijo Julia—. Creo que he encontrado algo importante.

Puso una hoja de papel muy viejo sobre la mesa de la cocina. Los bordes se deshacían, y la tinta se estaba borrando.

—Se cayó del cajón cuando mi madre llevó el escritorio a la tienda de antigüedades. Es la última página del diario de Agnes. Debía de haberse soltado.

La receta del hechizo.

Toma todas las hierbas del jardín en igual medida, una cucharita de cada una, y añade dos pétalos de la más bella flor de entre todas las flores. Sitúate en el centro del jardín en la noche de la Luna Roja. Quema las hierbas y deja que el humo se eleve. Di dos veces «Vuela y aléjate de mí», y dilo de corazón.

Julia me contó que había buscado las fases de la luna en el *Heraldo de Sidwell.*

La Luna Roja era la primera luna llena de agosto.

—Eso es dentro de dos noches —me dijo Julia—. El 3 de agosto.

Después de todo, aún nos daba tiempo.

Nos marchamos a trabajar en el herbario de los Hall, a recoger las hierbas y a secarlas al sol. Trabajamos todo el día. Hacía tanto calor que utilizábamos unas hojas grandes de roble para abanicarnos, pero sabíamos que no podíamos parar hasta que hubiésemos recolectado todos nuestros ingredientes.

Estábamos a punto de mirar la receta de Agnes para asegurarnos de que ya teníamos todo lo que nos hacía falta cuando vino la señora Hall a buscarnos. Llegó corriendo a través de los arbustos de menta, con cara de preocupación.

—¿Habéis visto a Agate? —nos preguntó—. Dijo que vendría a casa a dormir la siesta, y que después nos marcharíamos juntas a ver la función.

El aroma de las hierbas se elevaba en el aire, y olía como el té que mi madre bebía en las noches de invierno. Anochecía, y la mayor parte de la gente iba de camino al ayuntamiento a ver *La Bruja de Sidwell* en el festival de verano. Yo, desde luego, no pensaba ir.

—La he visto esta mañana —dijo Julia—, cuando salía hacia el ayuntamiento.

—Acabo de mirar en su habitación. —La señora Hall estaba muy seria—. No sé adónde ha ido. Lo único que sé es que ha desaparecido su maleta.

CAPÍTULO 8
UN CIELO LLENO DE RELÁMPAGOS

Me metí en el coche de un salto cuando llegó el doctor Hall y nos hizo un gesto a todas para que nos subiésemos. Fuimos hasta la Avenida Principal en completo silencio, todos preocupados por Agate.

Ya había caído la noche, y el tiempo había cambiado de forma repentina, tal y como a veces sucede en verano en nuestra zona de Massachusetts: hace sol y calor, y un minuto después estás tiritando. Desde el este entraba una tormenta con un frente de nubes oscuras e impenetrables. Podíamos oír el eco de los truenos sobre las montañas mientras el cielo se ponía cada vez más oscuro. Todos los pájaros se ocultaban en sus nidos; ni un solo gorrión revoloteaba en el cielo. El viento azotaba las ramas de los árboles, y las hojas comenzaron a caer y a cubrir la carretera. Ya ni siquiera parecía que estuviésemos en verano.

Me pregunté si mi hermano se encontraría en algún lugar seguro.

Llevaba conmigo el sobre de Collie, constantemente. Aguardaría a un momento especial para abrirlo. Hasta entonces, esperé y deseé con todas mis fuerzas que de verdad me diera suerte.

En la penumbra del anochecer, todo en Sidwell parecía extraño y envuelto en sombras. Los truenos eran incesantes ahora. Una ventolera entró con nosotros por la puerta, y la gente se puso a tiritar y a decir que sin duda se avecinaba un tiempo terrible. Hablaban sobre las tormentas, las inundaciones y los temporales de nieve del pasado, que habían dejado a Sidwell aislada del resto del mundo. Recordaban que un verano, en una tormenta, un rayo había incendiado la mitad del pueblo. Caí en la cuenta de que fue entonces cuando se quemó el antiguo edificio del *Heraldo* y se perdieron todos los archivos.

Cuando llegamos, el ayuntamiento ya estaba abarrotado de gente, todos emocionados a la espera de que empezase la función. Antes de que eso pudiera suceder, Hugh Montgomery subió al escenario y cogió el micrófono.

—Hola a todos —dijo—. Ya sé que habéis estado leyendo cosas muy negativas sobre mi familia en el *Heraldo,* aunque espero que votéis que sí en la próxima reunión de vecinos del pueblo y permitáis que Sidwell avance hacia el futuro.

Vi a Colin sentado en la última fila, solo. Me saludó con la mano al verme, y yo le devolví el saludo. Pensé en lo solo que debía de haber estado en la hacienda todos aquellos veranos, casi tan solitario como James, tanto como yo.

—¡Será su futuro, no el nuestro! —le contestó a voces el señor Hopper, el del vivero, desde el público—. ¿En qué se convertirá Sidwell sin el bosque? En otra parcela de asfalto llena de tiendas que nadie necesita.

Mientras el alcalde cogía el micrófono para sugerir que el lugar apropiado para aquella discusión era la reunión de vecinos del pueblo, nosotros fuimos detrás del escenario. Todos los niños estaban ya vestidos. Me fijé en los chalecos que había cosido Agate, y me sentí muy triste con solo verlos. Había dedicado mucho trabajo a cada uno de ellos.

La señora Meyers, la profesora de teatro, estaba repasando las frases con la brujita. Cuando nos vio asomándonos por allí, se acercó. En aquella zona solo podían estar los actores y los miembros del equipo.

—Deberían estar en el público —nos dijo la señora Meyers—. Ya estamos casi a punto de empezar.

Los truenos estaban ahora más cerca. Un estallido retumbó sobre nosotros, y la niña que interpretaba a la brujita dio un respingo. Su vestuario era el mejor, tal y como Agate había dicho que sería, con un bonito cuello de encaje y una falda negra que parecía una cascada de seda. Aquella niña era la nieta del señor Hopper, al que había visto sentado tan orgulloso en la primera fila cuando pasamos hacia la zona de detrás del escenario. «La nuestra es la brujita», le estaba diciendo a todo el mundo entre el público.

—¿Ha estado Agate aquí hoy? —le preguntó el doctor Hall a la profesora de teatro.

—Claro que sí —respondió la señora Meyers—. Es la responsable del vestuario. La verdad, no lo habríamos conseguido sin ella. Estaríamos completamente perdidos. Es muy valiosa.

Sin embargo, Agate no aparecía ahora por ninguna parte, ni tampoco respondió cuando la llamó la señora Meyers.

—Qué raro —murmuró la profesora de teatro—. Estaba aquí hace un minuto.

La sala estaba repleta de niños y de padres. La gente se daba abrazos y se deseaba buena suerte, y hacían chistes sobre el final de la obra, cuando empujan a la bruja por el precipicio. La parte que menos me gusta.

—Cuidado, no te caiga encima una bruja —se aconsejaban los unos a los otros.

—¿Qué es una brújula? —oí que decía alguien.

—Una *viéjula* montada en una *escóbula* —contestó la multitud.

—¡Agate! —gritó más alto la señora Meyers.

Había estado en Broadway tiempo atrás, y tenía una voz imponente. Todo el mundo guardó silencio. Se oyó un trueno tremendo, el más fuerte y más cercano hasta el momento. Esta vez dimos un respingo casi todos.

—Agate, ¿dónde estás? —gritó la señora Hall con la voz un poco temblorosa.

—Estoy seguro de que está por aquí, en alguna parte —dijo el doctor Hall de un modo tranquilizador. A mí me había hablado con aquel mismo tono reconfortante cuando me caí del árbol. Cogió a su esposa del brazo y se la llevó hacia el auditorio—. Agate no se perdería la función.

Llevaban tan poco tiempo en el pueblo que desconocían el aspecto tradicional de la obra. No creo que disfrutasen de una función en la que denunciaban a un miembro de su familia por bruja, pero aun así se dirigieron a ocupar sus asientos. Eché un vistazo a través de las cortinas de terciopelo. Los Hall parecían nerviosos, y la madre de las hermanas se daba la vuelta buscando a Agate sin la más mínima fortuna.

Me asombró ver que había llegado mi madre. La acompañaba por el pasillo el señor Rose. Se me había olvidado la cena, y no había pasado por casa en todo el día. Mi madre debió de pensar que había desaparecido, igual que Agate.

Quería salir corriendo y explicarle que me encontraba perfectamente, pero Julia me hacía unos gestos frenéticos desde el camerino. Me abrí paso entre la cola de niños preparados para salir a escena. La señora Meyers les estaba dando una última charla de aliento.

—Si se os olvida una frase, seguid adelante —les aconsejó—. Que no se os olvide sonreír.

Julia y yo juntamos la cabeza la una con la otra para que nadie pudiese escucharnos. Había localizado la maleta de Agate debajo de la mesa de maquillaje del camerino, y un sobre en el que Agate había escrito: *Para mis padres y para mi querida hermana Julia.*

—Si lo abro, ¿estaría husmeando? —preguntó Julia.

—Lleva tu nombre. Agate querrá que lo leas.

La carta olía un poco al perfume de Agate y otro poco a jardín, una combinación del aromático jazmín y la hierba recién cortada, probablemente por la cantidad de horas que pasaba en nuestro césped a oscuras, esperando a que James volviese a casa.

Querida familia:
Cuando termine la función de hoy, voy a coger el autobús de vuelta a Brooklyn. Ojalá pudiese quedarme en Sidwell, pero he causado mucho dolor a un amigo aquí, y no me puedo quedar más tiempo.

A Brooklyn, exactamente igual que Agnes Early. Estaba volviendo a suceder.

—Debe de haberse marchado sin la maleta —dijo Julia.

—O... —dije yo.

Intercambiamos una mirada.

O quizá Agate se hubiera escondido al oír las voces de sus padres con tal de no enfrentarse con ellos y explicarles todo cuanto había sucedido.

Quizá estuviera allí todavía.

Sabíamos que la obra no tardaría en comenzar, pero, en lugar de ocupar nuestros asientos en el auditorio, Julia y yo empezamos a buscar entre bambalinas. Había vestidores, camerinos, un sótano, escaleras, un desván y, tres pisos por encima de nosotros, la torre del campanario.

En aquellos momentos, los truenos estaban tan cerca que sacudían el edificio. Oímos los gritos ahogados de algunos de los niños sobre el escenario, que llamaban a sus madres.

—Tranquilos, tranquilos —decía la gente entre el público.

—Bien está lo que bien acaba —dijo otro asistente con la mejor intención.

Los rayos habían comenzado a caer con un crujido, tan cerca que el cielo se iluminó como si fuera de día.

Julia y yo pensamos que deberíamos mirar primero en el sitio que más nos asustaba, y bajamos al viejo sótano de piedra. Mientras buscábamos a Agate, vimos el tremendo fogonazo de un relámpago. Sonó igual que si se hubieran roto mil ventanas, y el cielo se iluminó como si se hubiese encendido un millón de bombillas a la vez. El resplandor blanco iluminó incluso las ventanas del sótano. De repente se apagaron las luces, y no solo en el ayuntamiento, sino en todo Sidwell, como si un gigante hubiese apagado todos los interruptores, y allí estábamos nosotras sin electricidad ninguna, metidas en el sótano, a oscuras. Parpadeamos y contuvimos la respiración. Oímos el rugido de un incendio sobre nosotras, en el tejado.

Podíamos escuchar cómo la gente gritaba en el piso de arriba, mientras buscaba a sus hijos, y la voz tranquila de la señora Meyers que decía:

—Formad una sola fila. ¡Mantened la calma! ¡La salida está en la parte de atrás!

Un haz de luz bajó por las escaleras, y parpadeamos ante aquella iluminación tan repentina.

—Deprisa —nos dijo alguien.

Conseguimos subir con algún tropezón, guiando nuestros pasos sin apartar las manos de la pared hecha de piedras ásperas. Había un extraño olor a quemado. Por las ventanas pudimos ver las chispas que flotaban en la noche. Un rayo había caído en el tejado y lo había incendiado. Las llamas salían del campanario.

Collie nos estaba esperando en lo alto de las escaleras.

—Vamos —nos urgió—. Este lugar podría arder entero.

Julia se negó a marcharse por la salida de emergencia que había detrás de los camerinos.

—¡Mi hermana podría estar atrapada!

Mientras nosotros le suplicábamos, el doctor y la señora Hall llegaron en la oscuridad.

—¡Aquí estás! —La señora Hall agarró a Julia y la abrazó con fuerza. Oí que se le escapaba un sollozo de la garganta—. ¡Pensábamos que también te habíamos perdido a ti!

Mi madre y el señor Rose estaban justo detrás de ellos, igualmente desesperados.

—¡Teresa Jane! —dijo mi madre—. ¡Ya sabes que no tienes permiso para venir a esta función! ¡Te hemos estado buscando por todas partes!

—¿«Hemos», los dos?

—Soy parte interesada —dijo el señor Rose—. ¿Por qué no iba a hacerlo?

El sonido de las sirenas atravesó la oscuridad. Los tres camiones de bomberos se acercaban a toda velocidad, y ya podíamos oír el rumor de sus motores. El sheriff Jackson apareció a través de la zona de los camerinos y nos alumbró con una linterna enorme. Todo se volvió deslumbrante.

—Esto es una evacuación de emergencia —nos gritó—. Tienen que salir de aquí ahora mismo. ¡Rápido!

—Pero… —empezó a decir el doctor Hall.

—No hay peros. El edificio está ardiendo. ¡Salgan ya!

—No lo entiende —insistió el doctor Hall—. Nuestra hija podría estar ahí dentro.

—¿Tiene alguna prueba? —le preguntó el sheriff—. Si no la tiene, no puedo poner en peligro la vida de nadie.

Nos condujeron a la calle, donde una multitud veía arder el tejado y los bomberos hacían cuanto estaba en su mano para mantenerlo bajo control. Los fogonazos de los relámpagos persistían, de manera que el cielo se veía negro y, de repente, adquiría un tono blanco brillante y cegador. El resplandor nos hacía temblar. Collie se quedó justo a mi lado. Sin que yo dijera una sola palabra, él sabía lo aterrorizada que estaba.

Julia se volvió hacia sus padres.

—¡No podemos quedarnos aquí esperando! La maleta de Agate estaba dentro. Pensaba volver a Brooklyn, pero no sabemos si de verdad se ha marchado, o si está escondida en alguna parte.

El humo avanzaba por todo el pueblo, y por las afueras, más allá de las montañas. Eran tantas las chispas que volaban por el aire que el sheriff nos obligó a todos a permanecer en medio del parque, lo bastante lejos del incendio. El señor Montgomery llegó corriendo, desesperado, en busca de Collie. Daba igual que tuvieran opiniones distintas, seguían siendo padre e hijo. Se dieron la mano, y luego el señor Montgomery abrazó a Collie.

Oí un cambio en el viento. Alcé la mirada y no fui capaz de distinguir las estrellas de las llamas. Luego se me acostumbraron los ojos y vi a Agate en el campanario. El corazón se me puso a latir como loco. Agarré a Julia del brazo, ella se volvió y soltó un grito ahogado. Huyendo de las llamas del tejado, Agate había subido por la escalera circular que rodeaba el campanario. Aquella escalerilla metálica solo se utilizaba dos veces al año, cuando el relojero tenía que ajustar las campanadas a la hora correcta.

El doctor y la señora Hall se aferraron el uno al otro, impresionados al ver a su hija en el campanario destartalado. Agate permanecía inmóvil, con el pelo brillante, como una estrella en el cielo. Había llamas por encima y por debajo de ella. Oí que los bomberos decían que no había ninguna escalera que llegase lo bastante alto. No me podía creer lo que estaban diciendo. El humo ascendía en el cielo, tan denso que cualquiera diría que vivíamos en las nubes.

Y entonces lo vi.

James vino desde el norte, de las montañas. Más tarde me contó que había pasado las últimas noches en un árbol, junto a un nido de búhos. Había visto las chispas en el cielo sobre Sidwell, y había seguido el horrible rastro del humo, preocupado por el pueblo y por nosotros, y, ahora, por Agate por encima de todo. Un relámpago volvió a rasgar el cielo cuando la sombra de mi hermano descendió sobre la Avenida Principal. Hubo gente que dejó escapar un grito ahogado, pero otros se limitaron a parpadear. Por fin estaban viendo al Monstruo de Sidwell, pero no era aquella criatura bestial que siempre se habían imaginado, sino solamente un muchacho.

—¿Ese es tu hermano? —me preguntó Collie.

Asentí.

—James.

Fue volando directamente a la torre del campanario y elevó a Agate para sacarla de su posición tan inestable. Le brillaban las alas en azul y negro, y cayeron varias plumas cuando se la llevó volando para alejarla de las llamas. A esas alturas, todos los que estaban en la calle se había quedado aturdidos. Los truenos habían cesado, y se hizo el silencio.

Y entonces se deshizo.

Porque del silencio surgió el sonido de alguien que aplaudía. Miré hacia allá y vi al señor Rose, aplaudiendo y jaleando de alegría. No tardó en unirse todo el mundo. El pueblo entero se puso como loco de entusiasmo y de gratitud, y el aplauso fue como una ola más ruidosa que los truenos.

Mi hermano se podía haber escapado al bosque, donde nadie lo habría encontrado, pero en cambio descendió sobre la Avenida Principal y posó a Agate a salvo sobre el pavimento. Cuando la dejó, ella se lanzó a abrazarlo.

Flash había seguido a mi hermano, y ahora estaba posado en un árbol justo encima de nosotros. El fuego seguía vivo y fuera de control. Mi hermano miró fijamente a la multitud sin saber muy bien cómo reaccionarían ante él. Al ver que nadie se le abalanzaba, supongo que James decidió que era seguro terminar el trabajo. Cogió la manguera más cercana y alzó el vuelo una vez más. Mientras nosotros mirábamos, él extinguió el incendio que con toda certeza habría destruido la mayor parte de Sidwell, algo que el fuego ya había hecho en una ocasión. Ahora, lo único que había quedado destruido era el campanario de madera.

Cuando James regresó al suelo, se hizo el silencio. Y entonces, uno de los hombres del grupo de los Cotillas empezó a aplaudir. Tal vez fuese el señor Stern, o uno de los otros, pero los demás no tardaron en unirse. El resto del pueblo lo vitoreó a lo grande, y después, los vecinos de Sidwell corrieron hacia mi hermano, pero no para atraparlo, sino para felicitarlo. Lo subieron a hombros y lo pasearon por la Avenida Principal. La banda que iba a interpretar la música en los entreactos de *La Bruja de Sidwell* tocó en cambio «Por ser un muchacho excelente». La brujita que era la nieta del señor Hopper lanzó unos puñados de polvos mágicos, que en realidad eran una mezcla de harina y tiza roja.

El doctor y la señora Hall fueron corriendo a abrazar a Agate, y cuando la gente dejó a James en el suelo después de haberlo paseado por la Avenida Principal, también lo abrazaron a él. Vi a mi madre en un rincón, llorando, con la mirada llena de orgullo, y el señor Rose la rodeaba con el brazo. Yo estaba con Collie y con Julia, mis dos mejores amigos, uno a cada lado.

No me podía creer lo perfecta que había resultado aquella noche tan terrible.

Habría que sustituir el campanario del ayuntamiento, pero la campana en sí estaba como nueva. Si acaso, su tañido era más claro. La gente decía que los domingos se podía oír desde Boston. Al día siguiente el *Heraldo de Sidwell* publicó un artículo sobre el incendio, pero no se mencionaba a ningún chi-

co con alas, solo se decía que James Fowler, vecino del Camino
Viejo de la Montaña, había sido el héroe de la noche al resca-
tar a la señorita Agate Early Hall y al salvar uno de los tesoros
de Sidwell: la campana. Según había descubierto la señorita
Larch, después de la guerra de la Independencia nuestro ante-
pasado Lowell Fowler dio la orden de tocar aquella campana
cada noche a la misma hora en la que él tenía que haberse
encontrado con su amada a orillas del Último Lago.

No asistí a la reunión de vecinos del pueblo en la que se iba
a decidir el destino del bosque, sino que me enteré de lo sucedido gracias al *Heraldo de Sidwell*. Collie y yo nos sentamos en
los escalones del porche de mi casa y lo leímos juntos antes
de que él tuviera que volver a Boston. Había una fotografía en
la que aparecían todos los vecinos que habían trabajado para
impedir la destrucción del bosque, además del doctor Shelton,
cuyo informe había convencido a los concejales de que había
que proteger a toda costa las zonas de cría del mochuelo cabe-
zón. En lugar de agarrarse una pataleta y hacer venir a sus
abogados, Hugh Montgomery accedió a donar el bosque de
Montgomery al pueblo para que siempre fuese un terreno ac-
cesible. Él tan solo conservaría su casa, ya que pensaba pasar
allí los veranos a partir de entonces. De todo el mundo, aquel
era el lugar preferido de su hijo. El lugar donde podrían ser
una familia.

Vino Julia con Beau.

—Collie —dijo—, te presento a mi collie.

Beau ofreció la pata.

—Un perro perfecto —dijo Collie.

Julia y yo nos reímos, pero nos guardamos la broma para nosotras. Hay cosas que uno se guarda.

Nos tomamos el primer pastel de manzana de la temporada, hecho con unas manzanas verdes y ácidas a las que se les añadía miel para asegurarse de que estaban lo bastante dulces. Nos sentamos ante la mesa de la cocina, tres amigos que no se volverían a ver hasta que Julia y yo convenciésemos a nuestras madres de que nos llevaran un fin de semana a Boston durante el otoño. Lo teníamos todo planeado: iríamos al acuario y pasearíamos por el río Charles, y también visitaríamos Concord, donde combatió Lowell Fowler, y desde luego que tomaríamos el té en la casa de Collie de Beacon Hill, un té de orquídea negra, que seguía siendo mi favorito.

Collie me dijo que también era su favorito. Cuando nos terminamos el pastel y Julia se marchó a su casa, me lo llevé a ver a la señorita Larch. Fue algo que hicimos nosotros dos solos, juntos, en su último día en Sidwell. De camino hacia allá, me preguntó si había recibido el sobre que él me envió. Le reconocí que me lo estaba guardando para abrirlo cuando él se hubiera ido de vuelta a Boston, para poder tener la sensación de que seguía estando en Sidwell.

—Ah, volveré —me dijo—. Mi padre y yo estaremos aquí el día de Acción de Gracias.

Ese era el momento perfecto del año para reunirnos, la temporada en la que hacíamos no solo pastel de manzana, sino también el pastel rosa de calabaza, que se preparaba únicamente una vez al año y era uno de los grandes favoritos del pueblo.

Íbamos a ver a la señorita Larch y al doctor Shelton para que el ornitólogo le pudiese dar las gracias a Collie en nombre de los mochuelos de Sidwell. Le regaló a Collie un libro que había escrito sobre los búhos. La señorita Larch me sorprendió al hacerme un regalo a mí también: su propio ejemplar de los poemas de Emily Dickinson. Siempre que los lea me acordaré de aquel día en que nos tomamos un té de orquídea negra. De todos los años de mi vida en Sidwell, creo que fue cuando menos sola me sentí.

No mucho después, el alcalde llamó a nuestra puerta. Venía acompañado de la señorita Larch, ya que ella era la historiadora oficial del pueblo y siempre le interesaban los asuntos relacionados con Sidwell. El señor Rose también vino. Traía una sonrisa de oreja a oreja, y me di cuenta de que no había venido como periodista, sino por su interés por nuestra familia. James también estaba allí, y eso era muy emocionante. Ya no dormía en el desván, sino que tenía el dormitorio junto al mío.

—Se acabó lo de esconderse —había dicho mi madre—. Somos quienes somos.

Y resultó que todo el mundo en Sidwell estaba de acuerdo. Se había realizado una segunda votación entre los vecinos después de que se rechazase el plan urbanístico de Montgomery, y el resultado volvió a ser por unanimidad: se decidió que lo sucedido en Sidwell no saldría de los archivos del pueblo.

Lo que de verdad ocurrió en aquella noche del incendio se mantendría en secreto, una historia que los vecinos de Sidwell protegerían y solo contarían a sus hijos. Todas las camisetas con la imagen del Monstruo de Sidwell se quemaron en una hoguera. El alcalde le pidió a la señorita Larch que le sacase una foto mientras le daba la mano a James, para el archivo de la sala de historia.

El señor Rose se quedó allí cuando el alcalde se marchó a llevar a la señorita Larch a casa. Todos teníamos un vaso de limonada fría de manzana rosa.

—No podría estar más orgulloso de ti, James —dijo el señor Rose. A continuación, me sonrió a mí—. Ni de ti, Twig. —Miró a mi madre con expresión decidida—. Ya va siendo hora de que me presente a mis hijos como es debido.

Creo que ya hacía tiempo que sabía la verdad. Él tenía los mismos ojos verdes grisáceos que James, y era alto y desgarbado como yo. No le cerré la puerta en las narices la primera vez que lo vi. Quise conocerlo.

Y ahora también quería conocerlo.

Cuando me abrazó, comprendí lo que había estado echando de menos durante tanto tiempo, porque ya no lo echaba de menos.

Nos sentamos en los escalones del porche, y mi madre nos explicó por qué había dejado a nuestro padre en Nueva York cuando nos marchamos de allí. Por aquel entonces pensó que no era justo someterlo a él al futuro que nos esperaba a nosotros a causa de las alas de James, los secretos que rodearían nuestras vidas. Solo porque se hubiera casado con alguien de la familia Fowler, no tenía por qué soportar nuestra carga y nuestros secretos. Al fin y al cabo, nuestro padre era un hombre tan honesto que ella no quiso ponerlo en la situación de tener que mentir todos los días. Ella también temía que la honestidad de mi padre lo llevase a tener un desliz, y no se podía arriesgar a que descubriesen a James. En su carta, le convenció de que sería un peligro para James, y eso era lo último que él deseaba.

Mi padre respetó los deseos de mi madre a pesar de habernos echado de menos todo aquel tiempo. La señorita Larch le enviaba fotos que ella misma me sacaba durante los actos del colegio. Nos dijo que ella era nuestra tía abuela, y sonaba muy lógico. Haciendo memoria, recordé haberla visto en todas las funciones y exposiciones de ciencias que hacíamos en el colegio. Siempre me decía: «¡Anda! ¡Hola, Twig!», como si estuviera sorprendida de verme, pero ahora me percataba de que iba a verme a mí para mantener informado a mi padre, y lo hizo siempre.

Después, la señorita Larch llamó por teléfono a mi padre en primavera, preocupada, tras enterarse de la proposición de la caza del monstruo. Pensó que él debería saber lo que se le venía encima a su familia, y se le ocurrió que quizá nuestra madre lo necesitaba más de lo que nunca había admitido. En ese momento, mi padre supo que no podía seguir lejos de nosotros. Aquel mismo día solicitó el trabajo en el periódico.

—Ahora que volvemos a estar juntos —dijo el señor Rose—, sugiero que sigamos así.

James sonrió y le estrechó la mano a nuestro padre. Creo que es posible que se me escaparan las lágrimas, pero fue solo un segundo. Acababa de caer en la cuenta de que mi nombre ahora sería Teresa Jane Rose, y, sinceramente, no podía hacerme más feliz.

CAPÍTULO 9
LA NOCHE DE LA LUNA ROJA

Los cuatro salimos, cada uno por su ventana, justo al mismo tiempo. Era la noche en que se rompería la maldición. Si fracasábamos, tendríamos que esperar hasta el año siguiente. A esas alturas, quizá la maldición fuera ya muy fuerte, y jamás nos libraríamos de ella. No había una sola nube, solo las estrellas desperdigadas por la oscuridad y, elevándose a nuestra espalda, una enorme luna llena que parecía roja como una rosa.

Nos sentamos en las esquinas donde confluían los cuatro senderos, justo en el centro del herbario que habíamos creado con tanto esfuerzo a lo largo de todo el verano. Había una neblina en el aire a nuestro alrededor, y nos envolvía el color y el aroma de la vida que nos rodeaba: menta verde tirando a negra, hierbas altas y mullidas, ásteres silvestres de color violeta. Julia había guardado las hierbas secas en un saquito de cuero, y en ese instante las colocó en aquel cuenco

ALICE HOFFMAN

grande que la señora Hall había encontrado entre la maleza del antiguo jardín, cuando no era más que un montón
de hierbajos. Pensamos que aquel cuenco habría pertene-
cido a Agnes Early; al menos, eso esperábamos. Al utilizar-
lo, era como si Agnes estuviera de algún modo con nosotros,
y también como si nos apoyase. Quizá ahora nos sirviese de
alguna ayuda cualquier poder que ella hubiese tenido entonces.

Qué bien que ya habíamos cogido las hierbas. La temporada llegaba a su fin, y las hojas se marchitaban por el calor y
la luz del sol. Algunas de aquellas plantas ya no volverían a
florecer, incluidas las rosas, que ya habían florecido y se habían marchitado. Pero allí estábamos nosotros, y el herbario
también, y teníamos la mejor de las intenciones, que siempre cuenta en la magia. Queríamos arreglar las cosas, dejarlas
como estaban hace doscientos años, antes de que Lowell
Fowler desapareciese.

Había llegado el momento de poner fin al maleficio tal y
como se había iniciado.

A Agate se le había chamuscado el pelo en el incendio, y se
lo había dejado muy corto utilizando unas tijeras de las uñas
que yo le presté. Si acaso, estaba aún más encantadora, porque
ahora le veías los rasgos con más claridad. Aquella noche lucía
un vestido blanco rematado con una cinta azul que ella misma había confeccionado. Estaba mirando a James, que tenía
una expresión seria, pensativa. Se le veía cauteloso, y no hablaba mucho. Estaba allí con nosotros, pero al mismo tiempo
parecía estar solo. Me imaginaba que estaría rebosante de ale-

gría por que hubiese llegado el momento de revertir el hechizo. Si todo funcionaba como debía, pronto se libraría de sus alas. Me pregunté si se le caerían pluma a pluma, o de golpe. ¿Sería doloroso, o acaso se sentiría mucho más ligero y con más libertad sin el peso de las alas?

Prendimos una pequeña hoguera con unas ramitas en el centro del círculo. Ardía en un color naranja y un azul brillante, y crepitaba con un sonido muy leve. Cuando Julia estaba a punto de colocar el cuenco sobre las llamas, quiso asegurarse y comprobó que habíamos puesto todos los ingredientes. Tanaceto, menta, lavanda, matricaria... Lo comprobó una vez, y otra más, y entonces palideció. Faltaba un ingrediente. No habíamos añadido ningún pétalo de rosa, y ya no quedaba ninguno que pudiésemos coger. No nos habíamos dado cuenta de que las flores se habían estropeado, y que la tormenta se las había llevado volando. Me sentí como si lo hubiera perdido todo, de golpe y porrazo.

—Es culpa mía —dijo Julia—. Tenía que haberlo comprobado.

—Quizá sea que no tenía que suceder —dijo James—. La verdad es que echaría de menos volar. Con alas o sin ellas, salgo perdiendo de todas formas. Es egoísta por mi parte, ya lo sé; solo digo que ojalá pudiera tenerlo todo.

En ese instante recordé que aún tenía el sobre que me había enviado Collie. Lo llevaba encima todos los días para que me diera suerte, pero se me había olvidado abrirlo. Y de haber un momento en el que necesitaba suerte, era entonces. Dentro había dos pétalos de rosa, los que habían caído del rosal en el jardín de Agnes Early. Se me habían caído del bolsillo cuando hice el pino cerca de la verja de la hacienda de los Montgomery. Fue como si Collie aún estuviera allí con nosotros. Los pétalos se habían quedado tan secos como el papel, pero no me pareció que eso importase. Tal y como mi padre me dijo la primera vez que apareció ante nuestra puerta, *una rosa es una rosa es una rosa.*

Qué curiosos son los hechizos. Mi hermano deseaba su vida en tierra, pero también quería su vida en el aire. Me pregunté qué pasaría si partíamos por la mitad los ingredientes, si conseguiríamos la mitad del remedio.

—Quizá puedas tener lo que deseas —le dije.

Los demás se quedaron mirándome, confundidos. Por una vez, era yo quien se sentía segura de sí misma. Ya no me sentía invisible, ni estúpida, y no me daba miedo decir lo que pensaba. Ya no era Twig, era Teresa Rose. Podía notar que algo había cambiado dentro de mí. Twig era una niña que se pasaba el día sola y se envolvía en su soledad como si fuera una armadura. Por primera vez tenía todo lo que deseaba, incluida una familia y amigos.

Mostré en alto los pétalos de rosa.

—Agnes Early utilizó dos. Nosotros lo modificaremos. Vamos a usar uno. La mitad de la magia.

—Y entonces, ¿qué? —dijo James, escéptico—. ¿Tendré solo un ala?

—Confía en mí —le dije. Era su única oportunidad de tener todo lo que siempre había querido, el deseo de su corazón, el aire y la tierra combinados.

—Confío en ti —dijo James y se dirigió a situarse en la esquina norte.

Agate fue a la esquina sur. Julia y yo estábamos en las esquinas este y oeste.

Julia echó un vistazo al hechizo de Agnes Early.

—Dice que había que decir dos veces «Vuela y aléjate de mí».

—Entonces diremos «Vuelve a mí» —dije, dándole la vuelta al maleficio—. Pero solo una vez.

—Y lo diremos de corazón —dijo Agate.

—Y lo que tenga que suceder sucederá —dijo James con los ojos claros y verdes—. Y lo aceptaré, sea lo que sea.

Julia colocó el cuenco en el fuego. Una pálida voluta de humo surgió de las hierbas al calentarse. Me acerqué y añadí un único pétalo de rosa. El humo se volvió rojo, después rosa, y después de un tono blanco perlado. Nos cogimos de las manos. No sé los demás, pero yo cerré los ojos.

Vuelve a mí.

Lo dijimos juntos, como si fuéramos una sola voz. Y tal vez lo fuimos en ese instante.

Oí el sonido del viento. Se arremolinaba a nuestro alrededor. Unas pocas gotas de lluvia salpicaron el suelo cuando pasaron las ráfagas de viento y nos dejaron atrás. Mantuve los ojos cerrados. Podía sentir la magia por todas partes, en la tierra, en el cielo y en nosotros. Fue como si el pasado y el futuro se entrelazasen, como si nuestro destino estuviese cambiando.

Sin embargo, cuando abrí los ojos, nada había cambiado. Allí seguíamos los cuatro. Allí seguía el herbario de Agnes

Early. Allí seguía la Luna Roja. Allí seguían las alas, en la espalda de mi hermano.

Estábamos agotados y confusos. Lo habíamos probado todo y, por lo visto, habíamos fracasado. Por respeto a la magia del jardín, no nos quejamos ni le echamos la culpa a nada ni a nadie. No quedaba otra cosa que hacer aparte de darnos las buenas noches. Creo que Agate tenía lágrimas en los ojos cuando nos separamos. Tal vez las tuviéramos todos.

James y yo nos apresuramos al regresar a casa a través del huerto. Él podía haber echado a volar, pero fue caminando a mi lado. Los árboles estaban llenos de hojas y de unas manzanas verdes pequeñitas que se pondrían rosadas con el tiempo.

Mi hermano me rodeó los hombros con un brazo.

—Lo has intentado. Eso es todo lo que podías hacer.

—Yo quería hacer algo más que intentarlo.

—Lo has hecho. Me has demostrado lo mucho que te preocupas por mí.

Tenía ganas de echarme a llorar de verdad, de sollozar tan fuerte que todos los pájaros echasen a volar de sus nidos, en una nube. Pero no lo hice. Era Teresa Jane Rose, y aún tenía fe en que toda maldición se podía deshacer y en que de alguna manera se había producido algún tipo de magia en el herbario.

Esa noche, cuando me dormí, soñé con Agnes Early y con Lowell Fowler, y con una luna que era tan roja como una rosa. Soñé que caminaba por Sidwell en la oscuridad y que veía a todos los vecinos durmiendo y, a pesar de todo cuanto había sucedido, me alegraba de vivir en un pueblo donde cualquier cosa pudiera suceder y la magia siempre fuese una posibilidad.

Por la mañana se oyeron unos gritos. Reconocí la voz de James incluso en sueños.

Me había quedado dormida, y salí corriendo al cuarto de mi hermano. James estaba allí de pie con una expresión de asombro en la cara. Tenía los brazos levantados, y estaba dentro de un círculo de plumas de color negro azulado. Se le estaban cayendo igual que las hojas de los árboles en otoño.

—Está sucediendo —me dijo James con la voz ronca.

Las alas se le estaban replegando, sobre sí mismas, como si estuvieran hechas de papel. Se le cayeron al suelo y se convirtieron en polvo. Con una ráfaga de viento que entró por la ventana abierta, aquel polvo se elevó en un torbellino de ceniza y salió volando por la ventana. Tuve la misma sensación escalofriante que había tenido en el herbario, pero esta vez no cerré los ojos.

Y allí estaba James. Un chico normal y corriente.

Mi hermano se miró en el espejo de la pared.

—Soy como cualquier otro —dijo.

No supe decir si se alegraba o si estaba triste.

—Solo fue una cura a medias —le aseguré—. Te volverán a salir las alas.

—Lo dudo. —Me hizo un gesto negativo con la cabeza—. Lo que se pierde se pierde.

James había sido quien era durante tanto tiempo que quizá temía no saber cómo ser normal. Yo me había sentido igual antes de aquel verano, y ahora era una chica que tenía amigos, una familia y también esperanza.

—Ya verás —le dije—. Tendrás lo que deseabas.

Fuera, al otro lado de la ventana, estaban los pájaros a los que James había criado y cuidado hasta que recobraron la salud. Él sí había tenido amigos, me percaté, y todo un universo que había compartido con ellos, un universo al que no deseaba renunciar.

Encontré a mi madre en la cocina y le conté lo que había pasado.

—Nos hemos esforzado mucho en intentar que sea como todo el mundo —le dije.

—Pero él no es como todo el mundo —dijo mi madre—. Es único, y eso no es nada de lo que avergonzarse.

Telefoneó a nuestro padre, que vino tan pronto como pudo. Qué bien me sentía esperándole allí, en el porche de delante de la casa, y aún mejor cuando me abrazó y me dijo:

—Lo arreglaremos, Twig. Espera y verás.

Entró en casa y llamó a la puerta del cuarto de mi hermano.

—Dame solo cinco minutos —le dijo, y debió de hacerlo con el tono de voz preciso, porque mi hermano le dejó pasar.

Mi madre y yo esperamos en la cocina. Finalmente, mi padre bajó a tomar una taza de café.

—Está reflexionando sobre ello —dijo mi padre—. Esto forma parte de hacerse mayor. Mientras pasa la vida, pierdes algunas cosas y ganas otras. Y eso le ocurre a todo el mundo. James se está enfrentando a todo ello de golpe, nada más.

James reflexionó sobre ello un rato muy largo. Después, salió a cenar con nosotros. Mi madre preparó una empanada de maíz con tomate para la cena y un pastel de melocotón de postre, con un poco del helado de manzana y canela que había traído mi padre. Me encantaba, incluso, pensar en la palabra *papá,* y también me encantaba que era como si nos conociese pese a haber estado separados durante tanto tiempo. Y entonces mi madre nos contó que se habían estado escribiendo durante todos aquellos años, que había conseguido un apartado de correos y que guardaba todas las cartas de mi padre atadas con una cinta, en una caja debajo de la cama. Durante todos esos años, ella le había estado enviando fotografías y contándole cosas sobre nuestra vida, así que, en cierto modo, sí que nos conocía aun cuando hubiésemos estado separados. Quizá no hubiera adivinado mi sabor favorito del helado. Y tal vez supiese también lo mucho que le habíamos echado de menos.

Hasta el último de los bocados de nuestra cena juntos resultó delicioso, es más, creo que fue la mejor comida que había tomado nunca. De haber estado en Brooklyn, la gente habría hecho una cola que diese la vuelta a la manzana con tal de comprar una sola porción del pastel de mi madre, pero, ya que estábamos en Sidwell, nos lo comimos todo nosotros, y se acabó.

Nos quedamos en la mesa un buen rato, contándonos historias, recordando el incendio. La verdad es que nos sentíamos como una familia. Había momentos mejores y momentos peores, pero estábamos todos juntos.

Mientras el sol se ocultaba, salimos al porche. Los mirlos sobrevolaron nuestra casa y desaparecieron en el huerto. Llegaba el final del verano, y lo notamos en el aire, como una capa que caía sobre nosotros. Solo había una estrella en el cielo, más brillante de lo que yo había visto hasta entonces.

—Creo que es Venus —dijo nuestro padre—. Aquí, en Sidwell, se ve con mucha más claridad que en Nueva York.

Y entonces sucedió. La magia siempre te pilla así, desprevenido, cuando menos te lo esperas, cuando el momento es absolutamente perfecto.

James se encorvó y soltó un grito ahogado. Mi madre se puso en pie, lista para correr hacia él, pero mi padre la retuvo.

—Lo que tenga que pasar pasará —le dijo. Se miraron el uno al otro de un modo tan profundo que supe que de alguna manera habían estado unidos a pesar de su separación durante tantos años.

Aguardamos juntos. Al caer la oscuridad, a James le volvieron a crecer las alas, como si nunca hubieran desaparecido. Cerró los ojos con fuerza, preparándose para el dolor, pero después nos explicó que había resultado de lo más natural. Exactamente igual que los pétalos del jazmín nocturno, que se cierran durante el día, y se despliegan cuando la luna está en el cielo.

Justo como yo esperaba. La mitad del remedio. La mitad de la maldición. La mitad de la magia.

Y allí estaba James Fowler Rose, mi hermano.

—Absolutamente perfecto —dije.

Este año, mi hermano va al instituto, al último curso. Acompaña a Agate a clase todos los días mientras Julia y yo vamos corriendo delante de ellos. Por las noches, sin embargo, aún tiene su propio universo. Sus alas aparecen cuando se sube al tejado, y todos los pájaros a los que ha salvado le esperan allí y le acompañan al bosque.

En el colegio me va mejor nunca. Puedo ser yo misma, ser tan simpática como quiera. Hay todo un grupo de chicas que son mucho más agradables de lo que yo creía, y supongo que iré al cine de Sidwell con ellas, pero, por ahora, Julia y yo estamos muy ocupadas los fines de semana. Estoy reescribiendo la obra de teatro sobre Agnes Early, con el visto bueno de la señora Meyers. Julia y yo la representamos juntas, interpretamos todos los papeles. La señorita Larch es nuestro público. Vamos a verla los domingos por la tarde y le leemos algunos fragmentos, y ella siempre nos aplaude y nos dice que es muchísimo mejor que la original. Después de que nuestro padre se mudara a vivir con nosotros, temía que la señorita Larch pudiera sentirse sola, pero le alquiló la habitación de sobra al doctor Shelton. Toman el té juntos todos los días, y a veces nos unimos a ellos Julia y yo. El de orquídea negra sigue siendo mi favorito.

La bruja ya no es mala, tal y como yo la he escrito; tan solo la malinterpretan, y está muy enamorada. Ya no viste de negro, sino que lleva un vestido blanco rematado con una cinta azul que ha cosido Agate. Es tan bonito que todas las niñas del pueblo quieren interpretar el papel de la bruja y ponerse el vestido. Tal y como yo lo he escrito, en el segundo acto, la bruja pone fin a la maldición y le desea a todos los habitantes de Sidwell que sean muy felices.

Envié por correo a Boston las páginas que había terminado para que Collie las leyese. Al fin y al cabo, él fue mi primer amigo y valoro su opinión. Me dijo que pensaba que no me iba a costar nada que se cumpliese mi deseo, y que algún día nos sentaríamos juntos entre el público de un teatro de Broadway para ver una obra que hubiese escrito yo. Dado que me gusta mucho Sidwell, no trato de apresurar mi futuro, pero es muy agradable saber que está ahí fuera, esperándome.

Delante del ayuntamiento, hay una estatua del héroe que salvó el pueblo, un muchacho de Sidwell muy apuesto que lleva una capa que cae hasta el suelo. A menudo, un pequeño búho negro se posa en el hombro de la estatua y observa el pueblo desde lo alto con sus brillantes ojos amarillos. La gente dice que si te mira a los ojos, te traerá suerte. A los turistas les gusta hacerse fotos al lado de la estatua, sobre todo durante el festival de la manzana. Hacen una parada en la oficina de turismo para coger un mapa y un ejemplar del *Heraldo de Sidwell*. Vienen a pasear por nuestro bosque, a comprar sidra de manzana rosa y a tomarse un pastel de manzana rosa en la cafetería Starline. Cuando se sientan a merendar en el parque, no se dan cuenta de algo que sí sabe la gente del pueblo: en la piedra bajo la capa, hay talladas unas plumas. Aparte de eso, nuestro héroe parece un joven normal y corriente, y lo es en muchos aspectos. Ahora bien, cuando alguien lo ve allá arriba en las noches de luna llena, se limita a saludarlo con la mano y sigue con sus cosas, encantado de vivir en un pueblo como Sidwell, un lugar donde las manzanas siempre son dulces y donde siempre reciben a las criaturas misteriosas con los brazos abiertos.

PASTEL DE MANZANA ROSA

La maravillosa repostera Mary Flanagan me ha ayudado a crear un pastel de manzana rosa que está buenísimo, con dos decoraciones distintas, incluida una de crocante. Sabe mejor si lo compartes con amigos. Como todo en la vida, ¿no?

INGREDIENTES PARA LA MASA
1-1/2 tazas de harina
3/4 de taza de mantequilla
1/4 de taza de azúcar
4-1/2 cucharadas soperas de agua fría

También puedes comprar dos masas de repostería en el super-mercado, de 25 centímetros. O seguir leyendo para ver la cubierta de crocante. *

INGREDIENTES DEL RELLENO
De 6 a 8 manzanas de tamaño medio
1 taza de mermelada de fresa sin semillas
3 cucharadas soperas de mermelada de frambuesa

PREPARACIÓN DE LA MASA
Precalienta el horno a 190 ºC. Unta de mantequilla una fuente de 25 cm.

Tamiza la harina en un cuenco. Añade mantequilla (¡con los dedos!) y aplástala en la harina. Añade azúcar y mézclalo todo. Ve añadiendo el agua poco a poco (es posible que no la necesites toda). Mézclalo bien hasta que se forme una masa.

Envuelve la masa en plástico para conservar alimentos y enfríala en el frigorífico durante 20 minutos.

Saca la masa del frigorífico. Déjala a temperatura ambiente durante unos minutos, si es necesario, hasta que se ablande un poco.

Divide la masa en dos bolas y extiéndelas con un rodillo. Pon una de las dos masas en la fuente, como base, y adáptala a la forma y tamaño del fondo de la fuente. Guarda la segunda masa para la parte de arriba del pastel.

HACEMOS EL RELLENO
Pela las manzanas, córtalas y quítales el corazón. Mezcla la manzana con la mermelada de fresa y vierte la mezcla sobre la masa de la fuente. Añade las cucharadas de mermelada de frambuesa.

Cubre el relleno con la segunda masa. Une los bordes de las dos masas presionándolos juntos con los dedos húmedos. Perfora la tapa del pastel con un tenedor (puedes hacer algún dibujo, si quieres) para que salga el aire de dentro mientras se hornea.

Hornéalo durante unos 40 minutos, aproximadamente, a 190 ºC.

* VARIANTE: CUBIERTA DE CROCANTE

Si prefieres esta presentación, haz la mitad de la masa según la receta anterior (3/4 de taza de harina, 6 cucharadas soperas de mantequilla, 2 cucharadas soperas de azúcar, 2-1/4 cucharadas soperas de agua fría). Esa masa será la base del pastel. Añade el relleno igual que antes, y después lo cubrirás con el crocante.

1 taza de harina

1/2 taza de mantequilla a temperatura ambiente

1/2 taza de azúcar

Mezcla la harina con los pegotes de mantequilla (¡con los dedos!) hasta que se formen las migas de crocante. Añade azúcar y mézclalo. Distribuye el crocante sobre el relleno del pastel.

Hornéalo durante unos 40 minutos, aproximadamente, a 190 ºC.

AGRADECIMIENTOS

Con una extrema gratitud a las tres personas que creyeron en *Pájaro de medianoche* y en Twig desde el principio:

Mi amada editora, Barbara Marcus.
Mi brillante editora de mesa, Wendy Lamb.
Mi maravillosa agente, Tina Wexler.

Doy también las gracias al estelar equipo artístico de Random House: Isabel Warren-Lynch, Kate Gartner y Trish Parcell. Y gracias a Tracy Heydweiller, de producción, y a Tamar Schwartz, de gestión editorial.

Gracias a Jenny Golub y Colleen Fellingham por su pericia correctora. Muchas gracias a Dana Carey por su ayuda en el proceso.

Gracias a la increíble artista Sophie Blackall por su inspiradora visión y su espectacular Luna Roja.

Mi agradecimiento a mis agentes, Amanda Burden y Ron Bernstein.

Gracias siempre a mis lectores, sin los cuales mis libros no cobrarían vida.

Mi más profundo agradecimiento es para Edward Eager, mi autor favorito durante toda mi infancia, cuyos maravillosos libros me mostraron la magia en el mundo. Sin esas novelas, habría estado perdida.

ESTE LIBRO SE TERMINÓ DE IMPRIMIR
EN EL MES DE MARZO DE 2017